學著蘇東坡愛自己．享受快意人生

衣若芬——著

自序

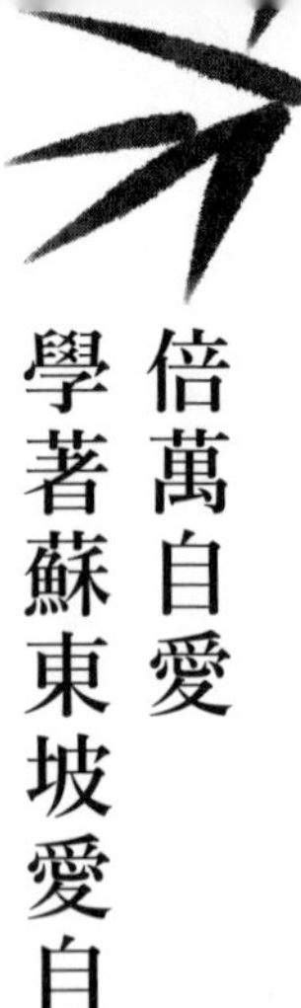

倍萬自愛
學著蘇東坡愛自己

蘇東坡在寫給友人的書信最後，經常用「倍萬自愛」做結語，比如給王迥（子高）：「伏冀倍萬自愛」；給釋法言：「惟萬萬自愛」；給王箴（元直）：「餘惟萬萬保愛」。

在臺北故宮博物院，我們還能看到他的筆跡——《致夢得祕校尺牘》（又名《渡海帖》），這是東坡寫給趙夢得的告別信，信裡寫道：

軾將渡海。宿澄邁。承令子見訪。知從者未歸。又云。恐已到桂府。若果尔。庶幾得於海康相遇。不尔。則未知後會之期也。區區無他禱。惟晚景宜倍万自愛耳。忽忽留此帋令子處。更不重封。不罪不罪。軾頓首。夢得祕校閣下。六月十三日。

時間是北宋哲宗元符三年（一一〇〇年），東坡結束了在海南儋州的貶謫生活，奉詔命遷徙到廉州（廣西合浦）。那天六月十三日，他住在澄邁（海南澄邁），準備渡海北歸。趙夢得的兒子來拜訪他，才曉得趙夢得還沒回來。不能當面向一直關照他的友人致謝，東坡心中怏怏，期待能在兩人的旅途交會點相遇，否則不知何日相見。東坡說：「我沒有別的祝禱，只有希望晚年您能千萬保重自己！」

「晚景宜倍萬自愛」，東坡說予友人；「倍萬自愛」，反向來說，是「愛自萬倍」——提醒自己，風燭殘年，除了萬倍的好好照顧自己、愛護自己，還渴求些什麼呢？

有句話說：「千金難買早知道。」早知道早好。我們當然不必等到人生的倒數階段才來愛自己。「愛自己」應該是人生自始至終的信念和原則，唯有我們好好愛自己，懂得愛的態度和方法，才能推己及人，到愛他人、愛萬物、愛世界。

相對的，也唯有我們懂得如何是愛自己最好的形式，才能和他人溝通，表達「我希望你這樣愛我」。

「我非生而知之者，好古，敏以求之者也。」孔子可能被當時擁護他的門人弟子崇拜如天才吧？他老人家並不沾沾自喜，而是告訴他們，自己如何做到的——「我不是天生就知道世間許多事情的道理，我是喜愛向古人學習，勤勤懇懇尋求得來的。」「好古」的途徑，主要是讀書，讀什麼書呢？我想可以選自己性情接近的作者，或是敘寫那位前賢的書來讀。

我選的，就是蘇東坡。

我研究蘇東坡、開設蘇東坡文學和藝術的課，經常發現他的觀點和行為契合現當代。我想，其中有兩種可能：一是他的超前和普世；一是我們受他的影響，潛移默化，日用而不自知。直到千年以後，我們還說：「要儲蓄，以備『不時之須』」。遇到棘手的案子，得查個「水落石出」。「不時之須」、「水落石出」，都是出自東坡的〈後赤壁賦〉。比如談到競爭，我們勉勵彼此「勝固欣然，敗亦可喜」，這是出於東坡的〈觀棋〉詩。東坡不僅為現代漢語創造了兩百多個成語，關聯更深的，是詞彙和語句內在的邏輯和價值觀。

那麼，「倍萬自愛」的蘇東坡，他的「自愛」邏輯與價值觀是什麼呢？他是信口說說，還是躬行貫徹？我們如何學習？或是覺察我們被他滲透的情形呢？你現在讀著的這本小書，便是我嘗試的解答。

本書分成四個區塊：自我存在、自我安頓、自我管理、樂活自我。
「自我存在」，從東坡的前世傳說和夢境異事認識東坡的生命本質。
「自我安頓」，東坡對人情世態的體悟。
「自我管理」，用心理學、管理學、認知科學等等角度，分析東坡的慾念和逆商。
「樂活自我」，看東坡如何營造生活樂趣。

需要說明的是，本書雖然叫做「學著蘇東坡愛自己」，並無意／無能自命為指導讀者們「愛自己」的標竿。東坡被法國《世界報》（*Le Monde*）選入十二位跨越千禧年，唯一來自中國的「千年英雄」，但他絕非超世神佛，也不算道德聖賢，他是真真切切努力活過一生的人。他的一生，從出生到去世的年月日，清清楚楚。他贏得的掌聲、吃過的苦頭、怎樣當官、為什麼坐牢，也都記載得明明白白。很難說他符合世俗「成功」的定義，甚至從他晚年一再被貶謫，一次比一次荒遠的境遇來看，政壇失勢，潦倒不堪，即使他好好「愛自己」，可能對有些人而言，不構成典範，遑論學習。

所以，本書的定位，是以東坡為實例，陪伴讀者自我認知和成長，不熬雞湯，更不說教。我選擇比較特殊和有意思的東坡故事和作品，和讀者分享「東坡是這樣做、這樣想」。還是孔子說得好：「見賢思齊焉，見不賢而內自省也。」讀者自可判斷是否要模仿複製東坡的言行。我也不強做解人，把自由自在的東坡說成高高在上的「大師」，我的陳述，只是表達「我是這樣理解東坡」，讀者當然也自可讚許或反對。

還有，本書呈現的東坡故事不一定全部為史實。我採納一些筆記叢談，盡量挑不過於離譜的內容。這些故事聊備一說，代表某一作者或某個時代所相信的東坡形象，或者為增添趣味性而敷衍誇張，那是為達到塑造東坡這個超級大IP的效果。假如我能加以考察，會在文中說明真相。

感謝陳文茜小姐和許悔之社長，啟發和鼓勵我寫作這本書。承蒙文茜小姐青睞，推薦介紹我尋訪東坡行跡的書《陪你去看蘇東坡》，引發讀者熱愛關注，出版二十天便三刷，是我意想不及。並蒙她慨允，為三刷本《陪你去看蘇東坡》作序，如東風吹綻春花，繁興書市。在全球為新冠病毒引發的肺炎疫情焦慮不安之際，文茜小姐援東坡「倍萬自愛」之句，撫慰讀者。於是促成我把東坡的「倍萬自愛」化成篇篇小品，和大家共同欣賞學習。

本書在四個區塊之前做一短文小引，提出話題和脈絡。每篇文章設計「思考練習」，請你想一想，經由知道「我是這樣想的」來認識你自己。很有可能，你的想法會遊移或改變，所以我鼓勵你寫下來，讀著你的答案，和真正的自己坦誠相見。每個區塊最後，有三點我的小結語，我稱為「有此衣說」，就是「衣若芬這樣說」，不是標準答案。最好，你也可以寫下你的「有此×說」。

這本書可以做為你的人生筆記，長期保存，時時回顧，也歡迎和你的親友分享，愛己愛人。

——衣若芬書於新加坡

二〇二〇年五月二日初稿

六月八日再修

七月十二日三修

目錄

自序

一·自我存在

二·自我安頓

三·自我管理

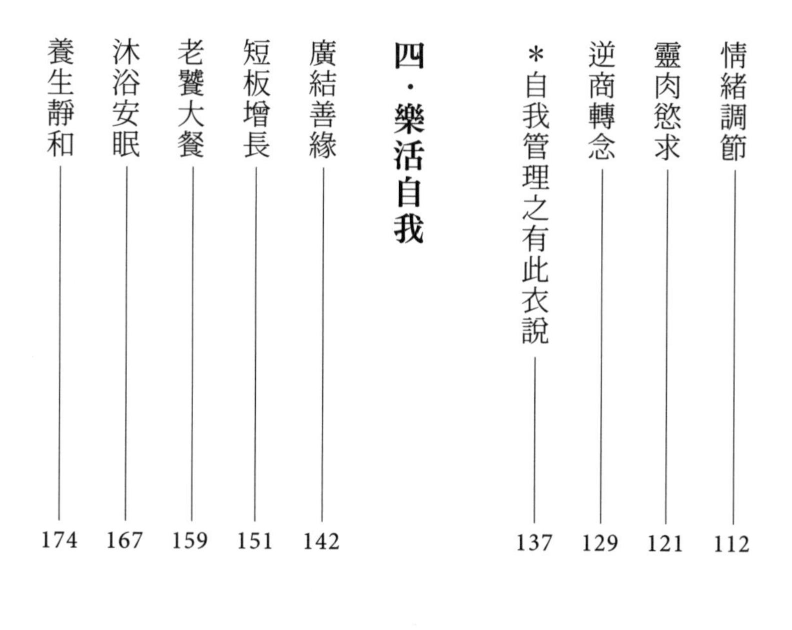

四・樂活自我

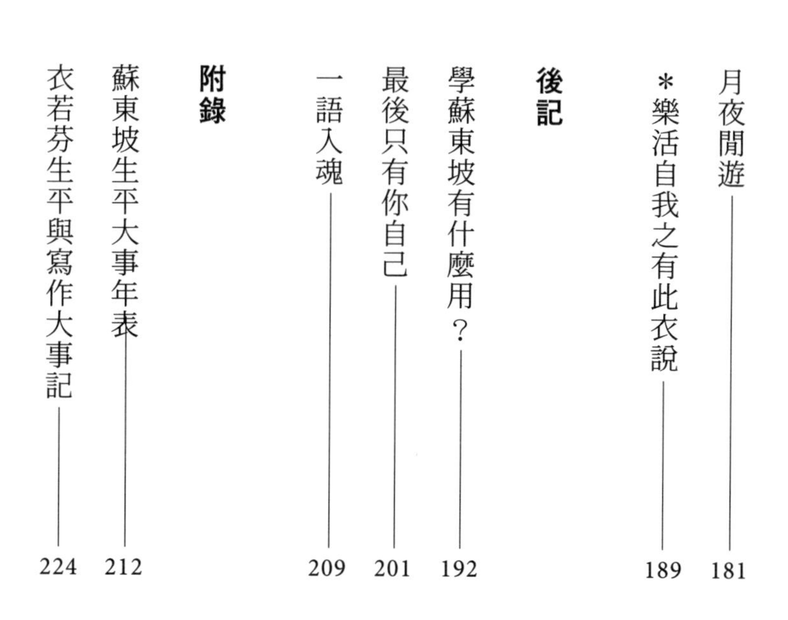

後記

附錄

1
自我 | 存在

我曾經寫過一篇文章，題目是〈自我的凝視〉，談的是白居易寫自己照鏡子和觀看自己畫像的詩。人有雙眼得見萬物，唯獨看不到自己。日本服裝設計師山本耀司接受訪談說：

「自己」這個東西是看不見的，撞上一些別的什麼，反彈回來，才會瞭解「自己」。所以跟很強的東西、可怕的東西、水準很高的東西相碰撞，然後才知道自己是什麼，這才是自我。

白居易從鏡子和畫家為他繪製的畫像凝視自我；山本耀司接受的是更強烈，力道更大的衝擊反彈，認識自我。你呢？你如何感知自我的存在？

這一個區塊我們從四個方向思考自我的存在。本書既然談「愛自己」，那麼，愛自己會不會很自私？什麼是自我？我是前世輪迴來的嗎？我的出生日期和時間，是否就決定了我的命運？還有，夢境是我的潛意識嗎？我能不能回想夢境，了解自己？

愛自己會不會很自私

「愛自己」？好像是個「偽命題」啊！人不為己，天誅地滅。我們從小不都被教育要博愛合群、助人利他？長大以後，我們學到要為別人著想、要懂得換位思考，需要強化的，是去除「我」的本位主義。你看儒家說要「毋意，毋必，毋固，毋我」；佛家說不可秉持「我執」——「愛自己」不就「犯規」了嗎？

如果你也有這樣的迷思，恭喜你！你找到這本和你一起探索的書啦！

「愛自己」是人的本能嗎？

我們先來想一想，「愛自己」是人的本能嗎？如果是人的本能的話，是不用學的。佛洛伊德（Sigmund Freud，一八五六－一九三九）認為人類的行為受兩股本能的力量驅動：生（Life instincts, eros）和死（Death instincts, thanatos），前者指為生存繁衍而飲食、性愛；後者指不顧活命而爭鬥、破壞。這其中都不包括「愛」。

也就是說：**「愛」，無論愛己還是愛人，是社會化的行為。既然是後天的，就是「習得」的**。既然是習得的，典型對象不同、文化環境不同，都會影響我們學習「愛」。

《荀子．子道》裡，孔子向三位學生子路、子貢以及顏淵分別問了同一個問題：「智者怎麼樣？仁者怎麼樣？」我們一個個看他們的回答。

> 子路入，子曰：「由，知者若何？仁者若何？」子路對曰：「知者使人知己，仁者使人愛己。」子曰：「可謂士矣。」

「知者」的「知」通「智」。子路說：「智者讓別人認識自己，仁者讓別人愛自己」。孔子說：子路可以稱得上是個讀書人。

> 子貢入，子曰：「賜，知者若何？仁者若何？」子貢對曰：「知者知人，仁者愛人。」子曰：「可謂士君子矣。」

子貢認為：「智者懂得認識別人，仁者懂得愛別人。」孔子說：子貢可以稱得上是個有德行的讀書人。

顏淵入，子曰：「回，知者若何？仁者若何？」顏淵對曰：「知者自知，仁者自愛。」子曰：「可謂明君子矣。」

顏淵認為：「**智者認識自己，仁者愛自己。**」孔子說：顏淵可以稱得上是個明白事理的讀書人。

能區別孔子的評價嗎？最「高級」的，是「知者自知，仁者自愛」啊！

「自愛」是不是「自私」呢？

那麼，「自愛」是不是「自私」呢？東坡也認可「自愛」嗎？

東坡用兩個相對的語詞——「同安」和「獨樂」辨析這個問題。他說：

夫太古之初，本非有善惡之論，唯天下之所同安者，聖人指以為善，而一人之所獨樂者，則名以為惡。天下之人，固將即其所樂而行之，孰知夫聖人唯其一人之獨樂不能勝天下之所同安，是以有善惡之辨。而諸子之意將以善惡為聖人之私說，不已疏乎！

這段話好像很複雜，我們先了解一下背景。北宋仁宗嘉祐六年（一〇六一年），二十五歲的東坡（這時他還沒有號「東坡居士」，為了表示敘述的一致和親切，本書都直接稱他「東坡」）參加皇帝親試的制科考試，進〈中庸論〉等二十五篇文章，這段文字出於其中的〈揚雄論〉。

揚雄是西漢的思想家，他在著作《法言．修身》說：「人之性也，善惡混，修其善，則為善人；修其惡，則為惡人。」認為人性不是孟子說的性善；也不是荀子說的「性惡」，是善惡混的。人是善是惡，要看他怎麼「修」。也可以說，善惡是後天決定。

東坡反對揚雄的說法，他主張人性最初是無善也無惡的。天下人都過著平安的生活，聖人稱那是「善」；一個人過著自己快樂的生活，聖人稱那是「惡」。這裡的「善惡」並不指是非對錯，聖人也沒有說「獨樂」不能勝過「同安」。

范仲淹〈岳陽樓記〉說：「先天下之憂而憂，後天下之樂而樂。」標榜個人之樂在天下之樂後面。孟子說：「獨樂樂，不若與眾樂樂。」又說：「窮則獨善其身，達則兼濟天下。」這些，都沒有否定「獨樂」的意義，而是認為有優先順序，或是依個別情境看待「獨」和「眾」（天下）。

一人獨樂，天下同安

換句話說，「獨樂」不需要被否定，甚至我們可以往前推衍：**如果一個人不能「獨樂」，天下怎可能「同安」？**即使表面上天下「同安」，一個人不「獨樂」，那麼「同安」對這個不樂的人也是沒有意義的。

再說，「獨樂」不妨礙「同安」。一個人「獨樂」而讓天下不安，那就是自私了。所以，「獨樂」和「同安」之間，應該取得平衡及和諧，用現代的觀念來說，就是個人自由不違背公共秩序。個人自由不影響他人自由。不對他人的行動先入為主地強加判斷。這樣的「獨樂」，就是健康的「愛自己」，並且尊重他人。

還記得我提到，這是二十五歲時東坡的考試文章嗎？在還沒有踏上仕途前的青年思志，可以看成是他的「初心」。這「愛自己」的初心，是否會被日後的政治現實磨損呢？

接下來，我們繼續追隨東坡去看看吧。

★思考練習

你認為「愛自己」和「愛他人」有沒有差別？

前世今生

談到人生的大問，有一個老段子說，就像機關大樓的守衛攔住你，問：「你是誰？你從哪裡來？要往哪裡去？」

我從哪裡來？這個問題用生物學的方法容易回答：我從父母親和合而來。假如不放心，還可以做基因檢測，鑑定血緣關係。然而，為什麼是這個樣態的「我」？我怎樣認知自己的存在呢？

看見自己

精神分析家拉康（Jacques Lacan，一九〇一——一九八一）指出人類成長發展會經過「鏡像階段」（Mirror Stage）。六個月到十八個月的嬰孩對自我的認識模糊破碎，當他逐漸發現鏡子裡的嬰孩正是自己，會產生愉悅，甚至自戀的情感。家裡有小嬰孩或是養貓狗寵物的人可能有經驗，給貓狗照鏡子，牠們不大感興趣，更不曉得鏡子裡是自己的影像。給嬰孩照鏡子，他看見鏡子裡的影像戴著紅帽子，可能會伸手想拿鏡子裡的紅帽子。當他知道原來戴著紅帽子的嬰孩就是自己，便很喜歡照鏡子，那時，他已經有了自我的存在意識。

所以，**自我的存在要有反映影像的物件，我們從影像看見自己**。也就是說，「我」是和「非我」並存，從「非我」現出「我」。要解釋「我是誰」，我的實體肉身物質性的存在，靠的是虛化的像——鏡像，或是他人的眼光。

我們常說要擺脫他人的束縛，單純地「做自己」，說起來很豪爽，實際上很難做到。我曾經寫過一篇小說，主人公的家人忙著出門，她問大家要去哪裡？沒有人回答，於是她就跟著家人一起走，然後，走到靈堂，看見自己的照片。不在他人的眼中心底存在著，就等於「沒有」。即使是深山的隱士，如果沒有讓世間知道訊息，那就是王維詩裡的「空山不見人」；有了訊息，才會「但聞人語響」。

夢見前世

除了攬鏡自照和與人交流，東坡的「非東坡」比較奇特，他和同時代的一些文人喜歡談「前世」。酷好神仙之術的李白，被賞識他的賀知章捧為「天上謫仙人」，是天仙下凡哪！篤信佛教的王維，說自己「宿世謬詞客，前身應畫師」，簡直就是被寫作耽誤的大畫家啊！我想「前身應畫師」對王維來說，是比較偏向強調他愛繪畫的一種修辭手法。

宋人談起前世，卻認真得很。比如郭祥正，就是前些年鬧出東坡《功甫帖》大動靜的郭功甫，他的母親夢見李白而生他，於是說自己是李白後身。東坡呢？他的母親程夫人生他時，夢見一個瘦高個子、瞎了一隻眼睛的和尚來家裡求寄宿。

這個故事記錄在和東坡時代相近的釋惠洪《冷齋夜話》，後來踵事增華，敷衍成這位僧人是五祖戒禪師。故事又繼續發展，說五祖戒禪師為紅蓮破色戒，被人發現，羞愧而亡，轉世投胎成東坡；紅蓮則轉世投胎為東坡的紅顏知己朝雲。

似曾相識

另一個和東坡時代相近的文人何薳在《春渚紀聞》裡，記的是東坡任官杭州時的故事。東坡和僧人參寥去壽星寺，他對參寥說：「我從來沒有來過這裡，但眼前所見，都好像曾經經歷。從這裡走上到懺堂，一共有九十二級階梯。」派人數了數，果然沒錯。東坡說：「我上輩子是這裡的僧人。」

還有一個東坡前世的敘述，在他的詩〈題靈峰寺壁〉：

靈峰山上寶陀寺，白髮東坡又到來。前世德雲今我是，依稀猶記妙高臺。

我在本書序言說過，東坡在哲宗元符三年（一一〇〇年）六月十三日留書信給趙夢得，過了幾天，兩人還是無緣相見。東坡沒能當面辭別趙夢得，六月二十日，他乘船離開海南島。一路北行，來到廣州附近靈峰山上的寶陀寺。寶陀寺讓他聯想到他多次參訪的鎮江金山寺，金山寺有個妙高臺。他寫過〈金山妙高臺〉詩：

我欲乘飛車，東訪赤松子。蓬萊不可到，弱水三萬里。
不如金山去，清風半帆耳。中有妙高臺，雲峰自孤起。
仰觀初無路，誰信平如砥。臺中老比丘，碧眼照窗几。
巉巉玉爲骨，凜凜霜入齒。機鋒不可觸，千偈如翻水。
何須尋德雲，即此比丘是。長生未暇學，請學長不死。

〈題靈峰寺壁〉裡說「前世德雲今我是」的「德雲」，就是〈金山妙高臺〉的「何須尋德雲，即此比丘是」，講的是《華嚴經．入法界品》善財童子問法於德雲比丘的典故。善財童子五十三參之一，是文殊菩薩指點他前往勝樂國妙峰山，參詣德雲比丘，請教如何學菩薩行。金山寺妙高臺就是取意於妙峰山，東坡說金山寺的比丘道行崇高，人們來這裡問道，不必再去尋求德雲比丘。

東坡說自己前世是德雲，是和王維說自己「前身應畫師」一樣，一種文學修辭嗎？聯繫惠洪和何薳的記載，我覺得東坡相信他有佛緣。先回到〈題靈峰寺壁〉，現今網路上還傳播著根據清代的錯誤注解，說東坡認為自己前世是寶陀寺的老住持德雲和尚，又添足說東坡和「德雲和尚」長得像，這都是無稽之談，是不了解「德雲」的由來而瞎扯。

「前世德雲今我是」，是東坡的自我存在認知。我有一個映照今生的鏡像——德雲，他為善財童子說法解疑。今生的我，從德雲轉世而來，也願像德雲，為利益眾生而前行。

★思考練習

有沒有什麼人是你學習／仰慕的鏡像？你如何回答人生大門守衛的問題？

你是誰？你從哪裡來？要往哪裡去？

時也命也

東坡出生於北宋仁宗景祐三年農曆十二月十九日，也就是西元一〇三七年一月八日。我在《書藝東坡》裡提到了東坡是磨蝎（摩羯）座，引起讀者詢問，以為我是星座達人。也有讀者質疑——拿西洋占星術解說蘇東坡，合適嗎？

我只能坦承：東坡是磨蝎座，是他文章裡自己寫的啊！源於古巴比倫的占星術，在隋唐時期就經天竺（印度）傳到了中國，雜食的書蟲東坡，懂一點星象並不奇怪。

磨蝎男東坡過生日

何況東坡很重視自己生日，常寫他怎樣過生日，收到了什麼禮物。比如〈李委吹笛并引〉：「元豐五年十二月十九日，東坡生日也。置酒赤壁磯下，踞高峰，俯鵲巢……」，那年（一〇八二年）他謫居黃州（湖北黃岡），生日和郭遘、古耕道兩位友人去赤壁遊賞、喝酒，一位叫「李委」的進士為他創作了新的笛曲《鶴南飛》。

又有一年，朋友送詩為他祝壽，他回贈〈謝惠生日詩啟〉，提到：「攝提正於孟陬，已光初度；月宿直於南斗，更借虛名。」這裡用了屈原和韓愈的典故。屈原《離騷》開篇寫道：

帝高陽之苗裔兮，朕皇考曰伯庸。攝提貞于孟陬兮，惟庚寅吾以降。皇覽揆余初度兮，肇錫余以嘉名。

大意是說：我是古帝高陽氏的後代，先父叫「伯庸」。我出生在寅年正月庚寅日，父親根據我的生日思量，為我取了好名字。

東坡「攝提正於孟陬」，就是屈原說的「攝提貞于孟陬」，「正」和「貞」相通用。東坡生於丙子年十二月，生肖屬鼠，和生於寅年正月的屈原不同，他把屈原的生日寫在詩裡，做為某種「致敬」，表示他效法先賢。屈原是中國歷史上第一位明確記載自己生年月日的詩人，雖然由於曆法不同，我們現在考證屈原的生年月日有很大的分歧，至少我們**不要以為端午節吃粽子是為屈原慶生哦。**

東坡「月宿直於南斗」出自韓愈〈三星行〉詩：「我生之辰，月宿直斗」，東坡從而推算出韓愈的身宮在磨蝎，自己的命宮在磨蝎，想到自己「平生多得謗譽」，和韓愈同病相憐哪。

後來，葛立方的《韻語陽秋》還為東坡進一步推算，說他是命宮、身宮都在磨蝎，一生的謗譽比韓愈還厲害。

八字・命盤

再後來，宋代王宗稷《東坡先生年譜》為東坡推算八字：丙子年，辛丑月，癸亥日，乙卯時。王宗稷說：「丙子癸亥，水向東流，故才汗漫而澄清。子卯相刑，晚年多難。」

（個中玄機我就不拆解了。）

運用電子科技和大數據，我們把東坡的生日和時辰導出紫微斗數命盤和八字格局排開，哇！一一對應東坡的人生經歷，用「都市傳說」流行的口頭禪，就是——「細思極恐」。

二十一歲從家鄉四川眉山和父親蘇洵、弟弟蘇轍進京應考，隔年進士及第，名震京師。二十五歲步上政壇，被期許為未來宰相的人才。此後四十年宦海浮沉，數度起落，前後只有七年在朝廷任職，其餘都在做地方官，還有十二年被貶謫流放。

開高走低，中途震盪。他的生命曲線圖在一〇七九年跌至谷底，那一年他因詩文得罪，被又稱「烏臺」的御史臺提拘審訊，關押一百三十天。這樁「烏臺詩案」使他被降級貶謫到黃州。從此，除了五十歲到五十八歲期間回朝廷，以及擔任杭州、潁州、揚州、定州知州，五十九歲之後，直到六十六歲去世，主要都謫居在惠州和儋州。

再算一命

為何如此？東坡一定很困惑。他離開廣州，翻度大庾嶺，來到江西虔州，遇見謝晉臣，請他算命。〈贈虔州術士謝晉臣〉詩說：

屬國新從海外歸，君平且莫下簾帷。前生恐是盧行者，後學過呼韓退之。

死後人傳戒定慧，生時宿直斗牛箕。憑君為算行年看，便數生時到死時。

東坡把自己比喻成流徙北海十餘年的西漢蘇武，蘇武不肯屈服於匈奴，回國後官拜典屬國。善卜筮的西漢人嚴遵（字君平）平時在成都算命維生，賺到足夠的生活費便閉門鑽研《道德經》。「前生恐是盧行者，後學過呼韓退之」這一聯也見於東坡給周彥質的詩〈答周循州〉，寫作「前生似（自）是盧行者」，「盧行者」就是六祖慧能，俗姓盧。東坡再三注意自己的生命鏡像投射，和德雲比丘一樣是佛門中人，不同的是：德雲開示善財童子；慧能創立禪宗法脈，延續性更強；東坡顯然更重視慧能死後傳戒定慧的修練法門。東坡又提到自己和韓愈由於生辰而被相提並論，這是否是他一生困頓的原因？東坡請謝晉臣鐵口直斷他的流年，看他還有多少陽壽。

我們不曉得謝晉臣對東坡說了什麼，謝晉臣如果算藝高明，他或許知道東坡大限不遠；但是他會不會和盤托出呢？

是的，**一個波濤中摸爬滾打，始終掙扎呼吸的頑強生命，這就是東坡**。他還想知道他的未來。

北宋徽宗建中靖國元年農曆七月二十八日，西元一一〇一年八月二十四日，東坡病逝於江蘇常州。距離他請謝晉臣算命，不到半年。

★思考練習

你喜歡談星座命理嗎？東坡又談星座，又去算命，是不是很迷信？

如夢之夢

你有失眠的困擾嗎？東坡比較少失眠，白天還睡午覺呢。

東坡睡得好，還救了自己。何薳《春渚紀聞》記載，發生烏臺詩案時，東坡被關押，一天晚上有人帶了個小箱子進他的牢房，拿箱子當枕頭，倒地就睡。大約半夜兩點，那個人推醒東坡，向他賀喜，東坡問他喜從何來？他說：「您安心睡吧！」然後拿起小箱子走了。原來，朝廷有意刺探他的心理狀態，所謂「白天不做虧心事，夜半不怕鬼敲門」，東坡胸懷坦蕩睡得好，「鼻息如雷」，無事！那個陪睡的小吏大概被東坡的鼾聲吵得受不了了吧。

他睡得好，也害了自己。在惠州他寫了〈縱筆〉詩：

白頭蕭散滿霜風，小閣藤床寄病容。報道先生春睡美，道人輕打五更鐘。

曾季貍《艇齋詩話》記載，當時的政敵章惇得知東坡還能「春睡美」，覺得打擊東坡的力道還不夠，於是把東坡貶謫到天涯海角的海南儋州。

夢中得句＋預知夢

睡得長，夢也多，東坡特會做夢。詩人做夢就是和凡人不一樣，他敏感細膩，夢裡也在寫詩，叫做「夢中得句」。東坡有時把夢裡的詩句記下來，記不全，或是夢中句不成一首詩的話，他就補足成篇。他有不少感人的記夢作品，〈江城子・十年生死兩茫茫〉就是夢見元配王弗；他在海南島還夢見過父親蘇洵和繼室王閏之。

更奇妙的是，東坡做過「預知夢」。比如〈應夢羅漢記〉寫他夢見顏破流血的僧人，第二天在廟裡見到了一尊面貌受損的羅漢像，於是請回羅漢像，修整好放進神龕，在母親程夫人的忌日供奉於黃州安國寺。

現在我們再來講一個集合「夢中得句」、「預知夢」和晝寢的一連串記夢故事。發生在哲宗元祐六年（一〇九一年），他知潁州（安徽阜陽）之前幾個月。東坡從杭州回京師途中，夜宿吳淞江，他夢見仲殊和尚帶了琴來，彈出的琴聲很特殊。東坡仔細看了琴，這把琴破損得很嚴重，而且——咦，琴不是應該七條絃的嗎？怎麼這琴有十三絃？東坡正在納悶，仲殊告訴他：「這琴雖然破損，還可以修復。」

東坡問他：「為什麼這琴有十三絃？」

仲殊沒有回答，口誦一詩：

度數形名本偶然，破琴今有十三絃。此生若遇邢和璞，方信秦箏是響泉。❶

東坡說自己在夢裡明瞭，可一覺醒來，忘記了。

第二天白日，東坡睡覺，又夢見仲殊來，相同的夢再做一遍，仲殊又誦了同一首詩。

東坡這回驚醒了！讓他更吃驚的是，真實的仲殊這時剛好來拜訪他！

他問仲殊：「你曉得你兩度入我夢境嗎？」

仲殊不曉得。

當下頓悟

過了三個月，夢中詩裡的「此生若遇邢和璞」出現了。

邢和璞是個道士，他在唐玄宗開元年間和房琯出遊，到了一間破廟，兩人在老松樹下歇息。邢道士指了指地面，找人鑿開，挖掘得一個甕，甕中藏有唐高宗時大臣婁師德寫給智永禪師的書信。

邢道士笑著問房琯：「你還記得這件事嗎？」

房琯當下頓悟，原來自己的前身，正是智永禪師，書聖王羲之的七世孫。

「邢和璞房琯悟前世」的故事被繪成圖畫，東坡的堂妹夫柳仲遠家，就藏有畫家宋迪臨摹唐畫的作品。東坡欣賞了宋迪的畫，記敘吳江舟中的異夢，還題了詩：

破琴雖未修，中有琴意足。誰云十三絃，音節如佩玉。新琴空高張，絲聲不附木。宛然七絃箏，動與世好逐。陋矣房次律，因循墮流俗。懸知董庭蘭，不識無絃曲。❷

柳仲遠見東坡喜愛這幅畫，便請駙馬都尉王詵（晉卿）臨寫成短軸，名為《邢房悟前生圖》，東坡作詩：

此身何物不堪為，逆旅浮雲自不知。偶見一張閑故紙，便疑身是永禪師。❸

東坡還寫了意味深長的偈詩：

前夢後夢真是一，彼幻此幻非有二。正好長松水石間，更憶前生後生事。❹

這四首詩可以從不同層面解讀。我在《蘇軾題畫文學研究》裡，朝向「徵實」的角度分析，對應到元祐年間的政治情勢。

我認為房琯影射宰相劉摰，在❷詩裡的琴師董庭蘭受房琯寵信，結果造成房琯敗落。❸詩裡裝神弄鬼，拿一張舊紙就讓房琯迷信的邢道士，意指同樣姓「邢」的邢恕，他讓本來被司馬光擢拔的劉摰，在司馬光去世後變成不倫不類，非琴非箏。

破琴有異聲

我們還可以從「悟道」的角度來談這四首詩。

琴應七絃，秦箏為十三絃，仲殊帶到東坡夢裡的，是十三絃的樂器，而且還是破損的。即使破損，音質卻不差，為何如此呢？❶詩仲殊說了：「度數形名本偶然」，「琴應七絃，秦箏為十三絃」，是誰規定的？就是人嘛！為什麼這樣規定？「偶然」啊！沒有「非如此不可」的理由。破琴一定不能彈嗎？不會的，東坡夢裡聽見了「異聲」。什麼是「異聲」？和平常不同的琴聲。「異聲」就難聽嗎？不會的，只不過「不同」罷了。我們何時才能接受秦箏和響泉琴如一？要遇到像邢和璞之類的人提點。

有了高人提點，就一定悟道嗎？你看房琯，說是知道自己前身是智永禪師，他在此世的作為，並沒有延續智永的才華和德行。所以，光知道沒有用，東坡在❷詩說「陋矣房次律，因循墮流俗」，「房次律」就是房琯。東坡批評他鄙陋卑俗。

那麼，應該怎麼辦呢？❸詩說「此身何物不堪為，逆旅浮雲自不知」，這輩子有如行旅，世事如雲煙過眼，用佛家的話來說，是無自性的，不拘執於固定的形態，也拘執不了。**隨時可能有機緣開悟，只要你保存開明的靈性。**

最後，❹詩講明了：「前夢後夢真是一，彼幻此幻非有二」，「夢」與「真」都是「幻」。我們很容易聯想到《金剛經》裡的「一切有為法，如夢幻泡影，如露亦電，應作如是觀。」我們在山水間、古松下講的前生（身）後生事，到底想的是什麼呢？明知是幻，何必再說？說再多也是空話。

但我們畢竟是肉身之人，我們活在「有為法」裡面，我們只能「作如是觀」，往那個方向去想、去看，我們做不到氣息尚在，就化為夢幻泡影（靈異？）。

因此，還是**要活，超越此生有限生命地活**，「前生」加「後生」拉長了活，並且在那活裡認知自己的存在。

★思考練習

你做過「預知夢」（Déjà vu）嗎？你如何解釋「預知夢」？和量子力學、平行宇宙有關嗎？

自我存在之有此衣說

一．「愛自己」不是人類天生就會的本能，需要後天學習。

二．「愛自己」不等於「自私自利」。

三．前世、星座、命理、夢境等等，是古人嘗試理解個人存在的方式。

自我安頓

2

上個區塊，我們說了從前世、星座、命理和夢境種種現代人可能認為是「怪力亂神」的方向，東坡探索自己的存在。近千年前的文化環境，有時代的限制。東坡使用的路徑，或許我們嗤之以鼻，覺得毫不可取；要緊的是他的自我知覺，他重視自己有限生命的無盡可能。

接下來，我想談一談，東坡是怎麼思考的？

我們說「三觀」：宇宙觀、人生觀、價值觀。這三觀構成我們如何成為自己，把自己放在個人、社會和世界的怎樣位置，也就是「安頓」。

我們學東坡如何愛自己，不必拿他的三觀套在我們自己身上，而是要學方法，也就是說，看東坡如何釣到魚，不是直接吃他釣的魚。何況，每個人的口味不同，東坡喜歡的，未必就適合我們。

我歸納整理出四個東坡的思維框架：

一、偶然和必然
二、對立和統一
三、因果關係
四、綜合混化

思維框架幫助我們理解東坡，並且想一想：當我們遇到問題或需要決策時，能不能運用東坡的思考方法來幫助自己。

孤鴻飛影

人生到處知何似，應似飛鴻踏雪泥。泥上偶然留指爪，鴻飛那復計東西。

這是我知道的第一首東坡詩句。我是在三毛的書裡讀到這些句子，學到了「雪泥鴻爪」這個詞語。少女時期的我，尤其著迷「偶然」，我想到徐志摩的〈偶然〉：

我是天空裡的一片雲，
偶爾投影在你的波心——
你不必訝異，
更無須歡喜——
在轉瞬間消滅了蹤影。
你我相逢在黑夜的海上，

你有你的，我有我的，方向；
你記得也好，
最好你忘掉，
在這交會時互放的光亮！

多麼灑脫浪漫！三毛浪跡撒哈拉沙漠，風沙一颳，足印化為無形，可不就是「在轉瞬間消滅了蹤影」，「鴻飛那復計東西」。

後來曉得，詩人名叫蘇東坡，是林語堂形容的無可救藥樂天派。我讀《紅樓夢》時，小學六年級，不耐煩黛玉的哭哭啼啼；也嫌寶釵現實、鳳姐勢利、寶玉懦弱，不明白怎麼這樣亂七八糟內容的書可以算「名著」。還好有蘇東坡的故事可愛一點，詩詞也優美。我在筆記本抄《紅樓夢》裡的詩詞，也抄蘇東坡的，沒話說，高下立現——可能是我的偏見吧。

林語堂筆下的蘇東坡，「無可救藥的樂天派」，太淺！

然後，專門在書展找蘇東坡的書來讀，發現三毛的書沒有寫出東坡詩的全部，這首詩是〈和子由澠池懷舊〉，子由就是東坡的弟弟蘇轍；詩的後面四句寫的是：

老僧已死成新塔，壞壁無由見舊題。往日崎嶇還記否，路長人困蹇驢嘶。

原來是個挺悲傷狼狽的結局啊。人像鴻雁居無定所，留下的印記也不長久。尋思鴻雁的飛處，沒有方向。我們兄弟倆以前認識的僧人奉閒和尚已經死了，我們住過的地方牆壁毀壞，題寫過的詩句也看不到了。東坡問弟弟：你還記得我們當年進京趕考嗎？馬死了，我們只好騎著跛腳的驢蹣跚前進，天地間，只聽見驢子的嘶鳴。

這，哪裡是「無可救藥的樂天派」呢？林語堂到底有沒有搞懂蘇東坡啊？不管林語堂有沒有搞懂蘇東坡，我們試著搞懂吧。本篇先講東坡的四個思維框架之一：「偶然」和「必然」。

前面講〈破琴詩〉已經有「偶然」的命題：「度數形名本偶然，破琴今有十三絃」、「偶見一張閑故紙，便疑身是永禪師」，〈和子由澠池懷舊〉早於〈破琴詩〉三十年。初次和從小一塊兒長大的弟弟因為工作而分離，寫詩回答弟弟對往事故人的追憶，未來充滿不確定性，彷彿一切都依賴「偶然」。

偶然VS.必然

「偶然」，隨機而不可掌握，對初步政壇的青年或許就是「必然」，會被指派到哪裡工作？會遇到怎樣的主管上司？必然是偶然的。

中年人的職場，還願意聽命「偶然」嗎？

被貶謫到黃州那年，東坡四十五歲。〈卜算子・黃州定慧院寓居作〉寫道：

> 缺月挂疏桐，漏斷人初靜。誰見幽人獨往來，縹緲孤鴻影。
> 驚起却回頭，有恨無人省。揀盡寒枝不肯棲，寂寞沙洲冷。

那隻看似瀟灑，一飛不知東西去向的鴻雁，如今是「孤鴻」了。他離群索居，成了「幽人」。《易經》〈履〉卦九二爻辭說：「履道坦坦，幽人貞吉」。〈歸妹〉卦九二爻辭說：「眇能視，利幽人之貞」。《東坡易傳》對「幽人」的解釋是：「才全德厚卻失位之人」。東坡自比幽人和孤鴻，不肯隨意停留在枝頭，寧願不為人知地瑟縮在沙洲。

人世間難道沒有「必然」的規律嗎？沒有「必然」而失序，我們怎樣安身立命？哲宗元祐四年（一〇八九年），十五年後再次回到杭州任職，東坡和故舊莫君陳會飲於西湖，作〈與莫同年雨中飲湖上〉：

> 到處相逢是偶然，夢中相對各華顛。還來一醉西湖雨，不見跳珠十五年。

還是「偶然」，還是西湖雨珠彈跳，歲月留在兩人的白髮蒼蒼上，相見如夢。就像那首老歌唱的：「人生何處不相逢，相逢有如在夢中。」

飛鴻↓孤鴻

「飛鴻」和「孤鴻」，其實狀態沒有很大的改變。東坡拿鴻雁自比，內心設想的是像依季節遷移的候鳥，有自然的定律和邏輯。「人似秋鴻來有信，事如春夢了無痕」——雪泥上不留鴻爪，然而有「信」。秋風起，北雁南飛，偏偏他是沒跟上團體隊伍的那一隻。**年輕時享受／任性孤獨，自命卓爾不凡，「信」是在自己的控制中。等到驚訝地發現，你自以為的「來去無牽掛」，是沒人把你放在眼裡，反而是你牽掛著別人。**〈水調歌頭〉

裡的「照無眠，不應有恨」，人生瀟灑走一回，不留遺憾；沒想到「有恨」是人生的底色，自己的「有恨」還想有人「省」，憐惜你的「有恨」，和你的「恨」共振，真的未免too young too simple。

那麼，難道「必然」是虛構的嗎？

徽宗建中靖國元年（一一〇一年）五月，東坡在金陵（南京）寫了〈次韻法芝舉舊詩一首〉，這是他臨終前兩個月的作品，也是他最後對自己如「鴻」的了結：

> 春來何處不歸鴻，非復羸牛踏舊踪。但願老師真似月，誰家甕裏不相逢？

我們先把這首詩擱著，到本區塊最後一篇再細談。你可能已經注意到，東坡這「飛鴻」、「孤鴻」成了「歸鴻」。

看樣子，偶然和必然都是難以掌控的，自己處於被動的狀態。東坡不會甘於如此，他想到另一種對立辯證的思考方式，那就是〈赤壁賦〉說的「變」與「不變」。

★思考練習

東坡自比鴻雁；李白自比大鵬；杜甫自比鳳凰和沙鷗。你呢？你覺得自己像哪一種鳥類或是動物？

變化是恆常

心理學上有所謂「印刻效應」（Imprinting Effect）和「首因效應」（Primacy Effect），是從觀察動物行為推衍到人類的思想和舉止。剛破殼而出的雛鳥，會把第一眼看到的動物當成媽媽，模仿牠的舉動，即使那並非和自己同種的動物。你看過卡通畫出這種錯認搞笑的行為吧？童話故事「醜小鴨」生長在鴨群裡，不曉得自己原來是天鵝，也是類似的原因。

我們對事物的「首因效應」，也就是第一印象。林語堂說東坡是「無可救藥的樂天派」，就是建立大多數人對東坡的刻板印象，並且先入為主，不知不覺順著這個思路去證明刻板印象是正確的。

打破刻板印象和廢話

我的意思，不是否定東坡的積極樂觀性格，而是覺察那樣的想法，只會把東坡看成扁平的人物，很容易為他貼上「曠達」、「豪放」的標籤。然後說：「反正他就是很樂天、很幽默的人啊！」將千迴百轉的心路歷程都簡化了。再然後，以為我寫「學著蘇東坡愛自己」，就是再搬演那套「所以我們要學東坡很樂天、很幽默，什麼事情都能迎刃而解」，那些廢話，有智慧的你看到這裡，不用擔心，我懶得說，這本書裡面沒有。

前一篇說過，我一直以為〈和子由澠池懷舊〉是一首七言絕句，我對後面的二十八個字有被「首因效應」影響的認知障礙。打破這障礙的辦法，我採取的是記憶疊加法，老老實實完整背誦一篇東坡的作品，就是本篇要談的〈赤壁賦〉。

假如「偶然」和「必然」都捉摸不定，其他出路之一，是找明確對立的兩個話題，辨析二者的相對和絕對關係。〈赤壁賦〉提供了鮮明的案例。全文開篇記錄日期、人物和地點，架設了論述的場域——「壬戌之秋，七月既望，蘇子與客泛舟遊於赤壁之下。」那天，神宗元豐五年（一〇八二年）的農曆七月十六日。

東坡看紀錄片〈赤壁賦〉

東坡自稱「蘇子」，而不是「余」、「吾」、「我」，表示全知視角的客觀性。他把自我客體化，抽離於情景外，這種筆法既合乎賦體文學的問答式書寫傳統，並有如司馬遷在《史記》裡自稱「太史公」，寫「太史公曰」的議論體例。此外，東坡熟讀《楞嚴經》，《楞嚴經》中主客相對的內容也反映在〈赤壁賦〉裡。

整篇遊記有如放映影片，東坡也是觀眾。遊人的情緒先是高昂：「誦明月之詩，歌窈窕之章」。繼而逍遙：「浩浩乎如憑虛御風，而不知其所止；飄飄乎如遺世獨立，羽化而登仙。」然後客人的洞簫聲將大夥兒的情緒往下沉：「如怨如慕，如泣如訴，餘音嫋嫋，不絕如縷。舞幽壑之潛蛟，泣孤舟之嫠婦。」

好好的吃喝夜遊，怎麼突然不開心了呢？

> 蘇子愀然，正襟危坐，而問客曰：「何為其然也？」

悠哉悠哉欣賞山光水色的東坡臉色一變，整理衣衫，坐直了身子（肢體語言進入嚴肅討論狀態），問客人：「為什麼這樣呢？」（把很happy很有文藝情調很仙氣的遊船搞得……）

吹洞簫的客人想到了曹操——你看人家一代梟雄，意氣風發，赤壁戰敗，再不能一統天下，現在呢？功業勛績什麼都沒有了。我們渺小的普通人，能在這裡輕鬆自在，真想這樣一直遨遊於天地間，可惜不能啊！（死亡對每個人都殘酷的公平啊！）

蘇子的肢體語言超前部署，這時要發揮智識語言的功能了。接下來這段，我們不妨朗讀一下：

> 蘇子曰：「客亦知夫水與月乎？逝者如斯，而未嘗往也；盈虛者如彼，而卒莫消長也。蓋將自其變者而觀之，則天地曾不能以一瞬；自其不變者而觀之，則物與我皆無盡也，而又何羨乎？且夫天地之間，物各有主，苟非吾之所有，雖一毫而莫取。惟江上之清風，與山間之明月，耳得之而為聲，目遇之而成色，取之無禁，用之不竭，是造物者之無盡藏也，而吾與子之所共適。」

東坡的〈赤壁賦〉書蹟收藏在臺北故宮博物院，上面的文字有幾個和我們通行的一般版本不同。比如「渺滄海之一粟」寫成「渺浮海之一粟」。「而吾與子之所共適」寫成「而吾與子之所共食」。不影響全篇弘旨，這裡不展開來比較。

當你朗讀文章，聽見自己的聲音，聽覺記憶加上閱讀的視覺記憶，非常合適用來理解需要分析的材料。〈赤壁賦〉是東亞漢文學的超級經典，賞讀者歷久不衰，我不贅述，只說我的解析。

東坡這段話的組織順序是：

水與月都不變

↓

從變的方向看，

天地萬物隨時都在變

↓

從不變的方向看，

天地萬物和我都是無窮盡的

↓

有主的物，不屬於我

↓

清風明月（無主），無窮盡

我們可以再概括為圖示：

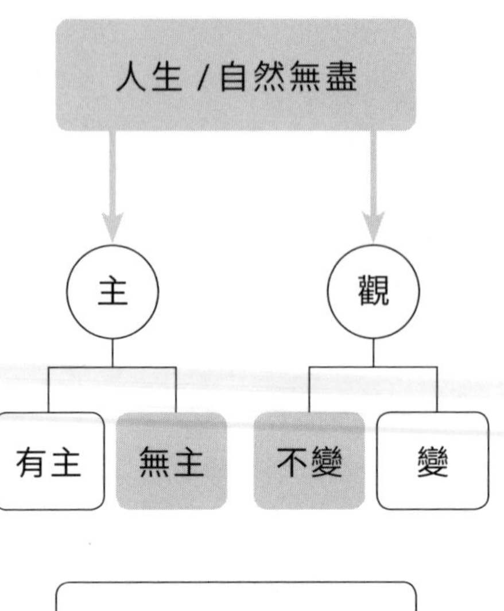

洞簫客感慨的人生／生命問題，東坡先用「水月不變」的說法安撫了。接著從兩個層面──「觀」和「主」來解釋，得出的結論是「清風明月無主無窮盡」，說服了洞簫客，於是皆大歡喜：「客喜而笑，洗盞更酌，肴核既盡，杯盤狼藉。相與枕藉乎舟中，不知東方之既白。」

吐槽〈赤壁賦〉

仔細推敲，東坡其實是邏輯不能自洽的。

一、先預設「水月不變」，最後推導出「清風明月無主無窮盡」，問題等於答案；答案滿足問題。

二、「變」和「窮盡」是兩個概念。「變」在〈赤壁賦〉的語境中包括質和量；「窮盡」指的是量。**量變會產生質變，反之亦然。**

三、東坡說的「天物」、「萬物」是否包括「我」？

這些我們都不細說了，只談東坡思考人生／生命問題的方法。東坡用對立統一的策略把問題拆解，有康德（Immanuel Kant，一七二四－一八〇四年）「二律背反」、黑格爾（Georg Wilhelm Friedrich Hegel，一七七〇－一八三一年）「正反合」三者矛盾協調的意味。他拈出的衡量判準，一是「觀」；另一是「有主／無主」。「觀」是動態可自控的；「有主／無主」則是歸屬性質的認定，我們放在本書最後〈月下閒遊〉那篇再談。

觀↓變 VS. 不變

這裡先談「觀」。

東坡〈超然臺記〉說：「凡物皆有可觀。苟有可觀，皆有可樂，非必怪奇偉麗者也。」意思是：我們能不能感到物之樂，在於我們怎麼「觀」；能不能發現物的「可觀」之處。（你看東坡的敘述，又是先講了普遍性的結論「凡」，然後再用疑問式的「苟」去推證。）

「觀」就是「看」，我們常說：「我對這件事情的『看法』」——「看法」就是「想法」，我們怎麼看，就連結我們怎麼想。所以，回到上一篇談的「偶然」與「必然」如何釐清的難題——看你怎麼看／想，把「偶然」和「必然」經由「觀」對立起來，再因為「觀」是動態、可自主的，便有機會達成統一。

有了「觀」來平衡及選擇「變」和「不變」，你是不是也像洞簫客一樣「喜而笑」呢？

等你笑過了，三個月後，東坡再度夜遊黃州赤壁，新的問題又來了。

★思考練習

你有沒有經歷過什麼受「印刻效應」或「首因效應」影響的事情？後來情形怎麼樣？

是一是二

就在東坡夜遊赤壁，寫了〈赤壁賦〉之後的三個月，十月十五日，東坡又和友人去赤壁夜遊。黃州赤鼻磯是一座伸向長江的赭紅色岩石，形狀像個長鼻子，「鼻」、「壁」音近，也叫「赤壁」。

雖然並非赤壁之戰的地點，東坡在〈念奴嬌．赤壁懷古〉裡說：「人道是，三國周郎赤壁」；〈赤壁賦〉裡的洞簫客也聯想到曹操，可以說為這個本來不起眼的江邊紅岩找到了抒發歷史興懷的假託。

那位洞簫客，是來自蜀地的道士楊世昌，東坡有詩：「楊生自言識音律，洞簫入手清且哀」(〈次韻孔毅甫久旱已而甚雨三首〉之三)，說的就是這人。楊道士還教東坡釀蜜酒。

十月十五日的夜遊，東坡說「二客從予」，可能除了楊世昌，還有一位是黃州當地人古耕道。不像〈赤壁賦〉自稱「蘇子」，帶有超然客觀的色彩；〈後赤壁賦〉用第一人稱「予」來指自己，主觀性比較明顯。

〈後赤壁賦〉的月夜探險

做為〈赤壁賦〉的續篇，東坡一開始就直接說：「是歲十月之望」，「是歲」就是同一年（一〇八二年）。這次出遊很即興，東坡和兩位友人走在回東坡住處「臨皋亭」的路上，注意到「霜露既降，木葉盡脫」——已經入冬了呢。「人影在地，仰見明月」——看見地上的影子，舉頭望月，想到正逢月圓，何不來個赤壁夜遊？

還記得上次東坡和友人到赤壁舟遊通宵，吃喝到「肴核既盡，杯盤狼藉」，這一回也不空手而去。友人說他傍晚捕到魚，去哪裡弄點兒酒呢？於是東坡回家問老婆（這位是東坡的第二位妻子。我教課時這麼向學生介紹，學生說：「老師妳很八卦，妳連蘇東坡包二奶都知道～。」）（繼室不是二奶，妾不是小三，好嗎？）

三個人有魚有酒，高高興興乘舟去赤壁。上次夜遊，東坡只是「泛舟遊於赤壁之下」，這一回，東坡靠岸登巖，提起衣襬，自己一馬當先（四十六歲還是一尾活龍）。他披開莽生的野草，攀上陡峭的石壁，往下俯瞰幽冥的江水。把友人撂落挺得意。

東坡長嘯，聲音如劃破了天地。這時，天地回響了：「草木震動，山鳴谷應，風起水湧。」

你猜，東坡對天地的回響有什麼反應？

他不再意氣昂揚，他說：「予亦悄然而悲，肅然而恐，凜乎其不可留也。」先是暗自悲傷，然後退縮畏懼，寒冷得不敢再留在山巖。

上山容易下山難，我想，即使天有滿月，要步履穩健地踏在草木叢生的巨巖，安全回到船上，一定也費了番功夫。

回到船上，東坡一行人隨意讓船在江中流盪。

到了半夜，四周靜寂。剛好有一隻孤鶴從江的東邊飛來，突然長鳴，經過東坡的船，往西邊飛去。

不久各自回家。東坡睡夢中出現了道士。

東坡夢見幾位道士？（有差嗎？）

這裡我們先暫停一下，目前通行的版本寫的是東坡夢見一位道士，我要深究的是另一個早期的版本，寫的是東坡夢見了兩位道士。詳細的考證請參看我的書《赤壁漫游與西園雅集》。

故事繼續：

道士問東坡：「遊赤壁快樂嗎？」東坡問道士的姓名，道士低頭沒有回答。「哎呀！我知道了！今晚鳴叫著飛過我的船，不就是你嗎？」東坡說。

道士只是笑笑，東坡驚醒了。他打開門，不見道士的去向。

你腦海中的畫面，是不是：

東坡看見孤鶴（1）↓東坡夢見道士（1）↓孤鶴就是道士

這個推敲很合理，就像質量守恆定律嘛！一個東西變化成另一個東西，外形變了，質量沒變。

所以南宋的郎曄、胡仔、朱熹這些人都說，傳世東坡文集裡的〈後赤壁賦〉寫東坡夢見兩位道士，那是筆誤。「一隻」孤鶴變成「一位」道士，很清楚的算術題。

但是我要說，**人生若是有清楚的算法就「好」了**。算法是有規律的，例外的情形就是算錯。一等於一是正確的規律；一等於二就是算錯（筆誤）。世事假如都這麼簡單，我就不必講什麼偶然必然、講什麼觀變觀不變，不必寫這本書啦！

世事無常。

夢是無常的影現。（回去重溫前面說的東坡異夢。）

有圖有「真相」

東坡的赤壁之夢，被兩宋之際的畫家喬仲常《後赤壁賦圖》用圖像展示了。這張長卷現藏於美國納爾遜藝術博物館（Nelson-Atkins Museum of Art），我們只看夢境的部分。

畫面裡是東坡的家。庭院後臺階上的屋子裡，一位男子正在和兩位道士說話。看到了嗎？屋子的最深處，一位男子正在睡覺。畫的文字寫的是〈後赤壁賦〉的內容。長卷的拖尾，有東坡的友人趙德麟題寫於徽宗宣和五年（一一二三年）的跋語，那時，東坡已去世十二年。

栖鶻之危巢俯馮夷之幽宮蓋二客不能從焉劃然
長嘯草木震動山鳴谷應風起水涌予亦悄然而悲
肅然而恐凜乎其不可留也反而登舟放乎中流聽
其所止而休焉時夜將半四顧寂寥適有孤鶴橫江
東來翅如車輪玄裳縞衣戛然長鳴掠予舟而西也
須臾客去予亦就睡夢二道士羽衣翩僊過臨皐之
下揖予而言曰赤壁之遊樂乎問其姓名俛而不荅
嗚呼噫嘻我知之矣疇昔之夜飛鳴而過我者非子
也耶道士顧笑予亦驚悟開戶視之不見其處
東坡集卷第十九

南宋《東坡集》（日本內閣文庫藏）

再如現存最古老的南宋《東坡集》（日本內閣文庫藏），〈後赤壁賦〉也寫的是「夢二道士」。

為什麼我堅持強調東坡在〈後赤壁賦〉裡夢見了兩位道士？有文獻依據；而且，他是蘇東坡。一個普通的作者在遊赤壁時被一隻奇特的孤鶴鳴叫嚇到，心裡有所觸動，然後夜有所夢，那隻孤鶴變成一個道士來他的夢裡找他，問他玩得如何？然後一篇遊記就誕生了。

東坡不是普通的作者（雖然我吐槽他的〈赤壁賦〉，那是為了論證）。整篇〈後赤壁賦〉，從東坡在赤壁山巖上被自己的長嘯回響震撼，背脊發涼，可能踉踉蹌蹌回到船上，那之後發生的事，彷彿都如夢境。

東坡本來興高采烈要去探險，他的「險」也的確「探」到了，目標達成，呼嘯一聲，舒坦啊！東坡怎麼反而被自己嚇到了呢？

與其說東坡被自己嚇到，更精確的說，是突然發現自己在大自然中的孤絕。山鳴谷應，風起水湧，這些動能的來源，是自己的嘯聲力量嗎？

不是。

不是因為有人長嘯，厲害到發動周圍的物象來應和，是有「力」附和，助力加上自己的聲音；也或許，那「力」不是來自個人，和個人無關。

於是恐怖。

有超越個人認知和掌控的「力」，隱隱然操縱著。因此，東坡覺得悲傷。先悲傷，而後愈想愈害怕，怕到身上發冷，需要人間的溫暖，所以趕緊回到船上。原來，〈赤壁賦〉裡的「遺世獨立」，其實不一定逍遙。

孤鶴的鳴叫，讓東坡再度驚訝。

如果只進展到這裡，還構不成一篇奇特的作品。

夢見一位道士，道士就是孤鶴變的。就把整個故事說得有頭有尾，完整的，死了。

夢見非比尋常的兩位道士，文章就有了懸念。夢就有了「真實性」。

因為是夢，所以不合邏輯。因為信以為真，所以夢醒了還要開門去找尋。

無因無果

前面我們說偶然／必然、說觀變／觀不變，都在內含因果關係。「因為是夢」，「所以不合邏輯」，說理時我們總是免不了用這樣的句子，這是執著於因果關係。前身種種、星座命理，乃至於預知夢，也都是考慮其中的因果關係。「**因為**命在磨蝎，**所以**多被人謗傷」，因果關係很好用，可以幫我們解答許多的「不可思議」，包括對現況的不滿和困惑。

〈後赤壁賦〉裡的東坡異夢，要消解因果。看到孤鶴，然後夢見一位道士，是預知夢的反推。東坡這時不必預知夢，他能做的，只是接受。無因無果，即果即因。

★思考練習

現實生活中，你遇過「因果關係」也說不清的情況嗎？你怎麼辦？

在此山中

神宗元豐七年（一〇八四年），東坡離開黃州前往汝州途中，專程去筠州（江西高安）和數年不見的弟弟見面，還特地登臨嚮往已久的廬山，寫了著名的〈題西林壁〉：

橫看成嶺側成峰，遠近高低各不同。不識廬山真面目，只緣身在此山中。

「遠近高低各不同」這句，不同版本的文字有些出入，我們不多談。這首詩的題目如果寫成〈題西林寺壁〉就比較好懂，就是東坡在廬山西林寺的牆上留了這首詩。〈和子由澠池懷舊〉裡說的「壞壁無由見舊題」，東坡和弟弟也是題詩在僧舍牆壁。這種「題壁詩」興盛於唐宋，是印刷出版還不普及時代的一種文字傳播方式。東坡可能是應寺僧之請，為西林寺寫詩。由於這首詩，漢語和日語有了「（廬山）真面目」這個詞。

很多解讀這首詩的材料，都說這首詩講的是我們從不同角度看廬山，看到的山形不一樣，看不清廬山真實的樣貌，因為我們就在廬山裡，推論出「旁觀者清」的道理。

你還相信「旁觀者清」嗎？

這固然是容易被理解的講法，但也可能因此讓這首詩失去了意蘊和深度。「旁觀者清」很簡單啊！不插手一些事情，袖手旁觀，指手畫腳，手很「清潔」、眼睛很「清楚」，你身邊有這種人吧？你說這種自以為「旁觀者清」的人是不是很自私？

東坡提點我們的「愛自己」，他的「獨樂」是能夠「同安」。花了好大功夫去廬山，結果寫一首要大家「旁觀者清」的詩，你說能「呵呵」嗎？把這首詩放在我談如何安頓自己的思考方法裡，我當然不能輕率就讓大家拿「旁觀者清」當壓軸。

忘掉你以前學的，讓我來談談這首詩的「真面目」。

前面說了〈赤壁賦〉用「觀」來對立問題，「橫看成嶺側成峰」就是「觀」（看）的經驗。「觀」的立場／視域／遠近高低位置不同，於是有時看來是連綿的山嶺；有時看來是高聳的山峰。看了半天，還是不能理解哪個才是真正的廬山面貌啊？怎麼辦呢？

這才是廬山真面目

東坡剛上廬山的時候，就寫詩說「要識廬山面」（〈初入廬山三首〉之一），可見他後來「不識廬山真面目」是心有芥蒂的。

「真面目」可以有兩個含義，一是六祖慧能《壇經》裡說的，慧能問慧明：「不思善，不思惡，正與麼時，那個是明上座的本來面目？」沒有分別心，當下即是，才能顯現如來實相。廬山自東晉以來就是佛教和道教的聖地，東坡遊廬山，作陪者包括東林常總，他是西林寺附近另一寺院「東林寺」的僧人。《五燈會元》把東坡列為東林常總的法嗣（也有人不同意）。總之，到廬山參悟「本來面目」，對已經經過黃州生活，自號「居士」（在家修行者）的東坡來說，是自然而然的事。

「真面目」的另一個含義，重點在「真」。到了廬山，東坡還掛記著家園在這附近的人，那就是陶淵明。為了補貼家裡的食糧，東坡在黃州城東邊的坡地當起農夫。古來文人哪個拿起鋤頭又寫詩的？就是陶淵明嘛！東坡把自己想像成陶淵明，作〈江城子〉：

夢中了了醉中醒，只淵明，是前生。走遍人間，依舊卻躬耕。〔…〕

你看你看，東坡的「前生」又多了一個。陶淵明的詩，我們最熟悉的，大概就是〈飲酒〉詩的第五首：

結廬在人境，而無車馬喧。問君何能爾？心遠地自偏。採菊東籬下，悠然見南山。山氣日夕佳，飛鳥相與還。此中有真意，欲辨已忘言。

「悠然見南山」，東坡說了算

你知道其中「悠然見南山」這句，其實是出自東坡的想法嗎？東坡在〈題淵明飲酒詩後〉說：

「采菊東籬下，悠然見南山。」因採菊而見山，境與意會，此句最有妙處。近歲俗本皆作「望南山」，則此一篇神氣都索然矣。古人用意深微，而俗士率然妄以意改，此最可疾。

他認為當時流傳的版本寫「悠然望南山」，不對。「見」是偶然，低首採菊，偶然抬頭，南山進入我的眼簾，這叫「境與意會」。「望」是必然，是刻意地看。知道或預想、期待有一個遠方的客體，想要看到，於是「望」。東坡覺得陶淵明是「初不用意」，起初沒對南山有心思，這正是陶淵明「深微」的地方，要說出什麼「真意」，盡在不言中，最終「忘言」。

你認為東坡說的有道理嗎？研究版本學的學者告訴我們，東坡批評的「俗本」，是南朝梁昭明太子蕭統編的《(昭明)文選》，是最早收入陶淵明這首詩的官本哩！(於是東坡被批評學問欠精。)

我們回到「真面目」的話題。「真面目」是「真意」、是「本來面目」。東坡想努力探求，就像「望南山」。但是他無功而返，什麼方向、怎麼看，廬山都有它的容貌，哪個才是真的？

這時，〈赤壁賦〉裡的「觀」被細化成「望」、「見」、「看」等等視覺活動，「觀」的變／不變兩端式區分法，加上「偶然」的「見」與「必然」的「望」，被複雜化了。他轉用因果關係解釋，說「不識廬山真面目」(果)，是「只緣身在此山中」(因)。

這樣，就解決了嗎？

「真面目」在哪裡？

〈後赤壁賦〉裡的消解因果關係派上用場。因為我們就在此山中，無法將自己完全客體化。〈赤壁賦〉說的客觀「蘇子」，只適用於文學語境裡。「自己」是相對「他者」而存在。**既然我們都在此山中，要接受「不識廬山真面目」的實情**。

飛鴻→孤鴻→歸鴻

讓我們再回到〈孤鴻飛影〉那篇最後留下的詩〈次韻法芝舉舊詩一首〉：

春來何處不歸鴻，非復羸牛踏舊踪。但願老師真似月，誰家甕裏不相逢？

這首給僧人法芝的詩，要對照元祐七年（一〇九二年）東坡給他的舊作〈送芝上人遊廬山〉（仍是廬山緣）：

二年閱三州，我老不自惜。團團如磨牛，步步踏陳跡。豈知世外人，長與魚鳥逸。老芝如雲月，炯炯時一出。比年三見之，常若有所適。逝將走廬阜，計闊道愈密。吾生如寄耳，出處誰能必。江南千萬峰，何處訪子室。

東坡在元祐六年到七年兩年之間轉任過杭州、穎州和揚州知州，所以說「二年閱三州」。當年辛辛苦苦的「磨牛」，如今是又老又弱的「羸牛」了。東坡祝願法芝如月亮皎潔澄明，他這隻萬里歸來的鴻雁，終於和法芝重逢了。

《高僧傳》裡醋頭和尚頌說：「揭起醋甕見天下，天下原來在甕中，甕中原來有天下。」人們都在天下活著；都在甕裡活著；也都在此山中活著。兜兜轉轉，有緣總會相逢——「到處相逢是偶然」。

歸納東坡的四種思考方式

我們在本書的第一個區塊初步展示了東坡對自我存在的認識，知道東坡對生命過往與未來的好奇，確立自我不可取代。第二個區塊，我試著把東坡對事物的思考方式貫串他的作品，分析為四種類型：

一、偶然和必然。東坡認為物無「常形」而有「常理」，也就是隨機和規律並非絕對。

二、對立和統一。類似發散式的水平思考法（Lateral Thinking / Horizontal Thinking）。

三、因果關係。類似歸納演繹的垂直思考法（Vertical Thinking）。

四、綜合混化。將各種類型靈活混用，並接受最後可能毫無精準的答案。

你可能疑惑：知道東坡怎麼思考，和「愛自己」有什麼關係呢？

思想和意志主導行為，不了解一個人的思想和意志，只去模仿他的行為，就會掉進誤區或陷阱。**感嘆喝了很多雞湯卻沒吸取營養、浪費很多時間鑽研成功學卻仍舊過不好人生，很多情況就是由於瞎忙著照單全收**，到頭來「愛自己」反而變成「怨恨自己」。

我的建議是：先擺正思考的心態。這裡舉的東坡四種思考方式，不能概括全部的東坡人生哲學。讀者看我穿插交織，也別以為這就是東坡思想的線性進展，到了廬山之遊而臻達極致。不是的，廬山下來，東坡還是走在崎嶇的旅途。直到臨終闔目的一刻。

★思考練習

除了東坡的四種思考方式，你有沒有其他的思考方式可以補充來認識自己？

自我安頓之有此衣說

一．找和自己情性志趣相近的人物為典範。

二．遇到需要深謀分析的問題，試著學東坡的四種思考方式，靈動活用。

三．「愛自己」需要終身學習，別因不如意而怨恨和傷害自己。

自我管理

3

「自我存在」和「自我安頓」分別談的是認識論和方法論，也就是東坡如何認識自己，他的自我認知中，自己是個什麼樣的人？他的人生目標是什麼？遇到困難的時候，他使用的思維框架和分析工具是什麼？

「自我管理」講的是實踐論。陸游說：「紙上得來終覺淺，絕知此事要躬行。」東坡不空談義理，他的義理體悟從實際經驗中來。東坡〈日喻〉說：「道可致而不可求。」想像的「求」，不如行動的「致」。

東坡〈滿庭芳〉詞：

> 蝸角功名，蠅頭微利，算來著甚乾忙。事皆前定，誰弱又誰強？且趁閑身未老，須放我些子疏狂。百年裏，渾教是醉，三萬六千場。
>
> 思量。能幾許，憂愁風雨，一半相妨。又何須抵死，說短論長。幸對清風皓月，苔茵展、雲幕高張。江南好，千鍾美酒，一曲《滿庭芳》。

人生若有百歲，才得三萬六千日。我在《陪你去看蘇東坡》裡，詳細統計了東坡存世的日子，總共兩萬三千六百多日。他留給我們四千三百多篇散文；兩千七百到兩千九百多首詩；三百二十到三百六十闋詞，這還不包括烏臺詩案期間家人為避險而燒棄，以及他被列為元祐黨人而銷毀版木的作品。這些存世的東坡作品，除了公文書信，都是他行政之餘的文學創作和學術研究，而且是他人生後四十多年的累積。我想，他一定有很強的自控、自律和高效管理能力。

為了成為自己喜愛的自己，實現理想目標，我們要懂得有效管理自己。「管理」這個詞有個「管」字，好像強調約束；其實約束是為了「理」——合宜的資源配置、平衡的身心狀態、適當的人際溝通……等等。我選了六個東坡自我管理的面向：

一、知識儲備　　二、能量／時間
三、財務行政　　四、情緒調節
五、靈肉慾求　　六、逆商轉念

希望這個區塊的內容更便於學習和操作，我大多採取分點敘述的寫作形式，以便你瞭然掌握。

知識儲備

東坡六、七歲開始讀書，他從學過的老師有道士張易簡、劉巨（微之）、史清卿等人。母親程夫人教他讀《後漢書》；父親蘇洵教過他讀《春秋》等書。可以說，東坡有家庭的教育，也轉益多師，這讓他養成雜學博知的習慣。二十歲進京考試，一舉成名；之後再受皇帝親試，拔得頭籌，我想東坡的學識功底和書寫表達能力是他榮登金榜的主要因素。

古代科舉考試，考詩賦、策論、經義，考的不外乎記誦和轉化。記誦的部分如果沒有儲存在大腦的長期記憶組織，考完就忘了。學識的轉化，等於是吸收後的再生產，不為功名考試讀書，才有延續轉化的可能。

我們可能都有種錯覺，以為古人比現代人好學，愛讀書。其實，古今無二。你看宋真宗〈勸學〉：

富家不用買良田，書中自有千鍾粟。安居不用架高堂，書中自有黃金屋。
娶妻莫愁無良媒，書中自有顏如玉。出門莫愁無人隨，書中車馬多如簇。
男兒欲遂平生志，五經勤向窗前讀。

你覺得，一個人假如千鍾粟、黃金屋、顏如玉都有了，他還需要讀書嗎？比東坡時代稍早的宋庠、宋祁兄弟，就表現了截然不同的作為。他們倆同年考中進士，弟弟本來是第一名，朝廷認為弟弟排名在哥哥前面，有失統序，於是改讓哥哥宋庠為狀元。哥哥當了官，依然好學不輟，元宵節放假，晚上在家讀《周易》。弟弟呢？召了歌妓，整夜醉歡。

第二天，哥哥勸弟弟：「你還記得我們以前元宵節，在州學吃鹹菜下飯的往事嗎？」弟弟反問哥哥：「當年我們在州學苦讀，是為了什麼？」

不用猜，東坡是哥哥宋庠一派的。他的知識儲備不只用來應付考試，是終身不倦地讀書，連弟弟蘇轍都佩服，說他「幼而好書，老而不倦」（蘇轍不是宋祁第二，也很好學）。

東坡對讀書的學習管理可以概括為三個方式：

一、抄讀經典，博觀約取

東坡勉勵落第的安惇說：「舊書不厭百回讀，熟讀深思子自知」。說自己讀書很專心致志，不受外界的影響：「我昔家居斷還往，著書不暇窺園葵」（〈送安惇秀才失解西歸〉）。他指出讀書的要點：自制、深思，而且讀很多遍。**即使是舊書，值得一再閱讀的都是經典。**

曾慥《高齋漫錄》記載，有一次蘇洵去見提拔過他們父子的張方平。

張方平問蘇洵：「貴公子最近在讀什麼書？」

蘇洵回答：「在重讀《漢書》。」

張方平覺得奇特，說：「《漢書》要看兩遍啊？」

蘇洵回家後，告訴兒子。東坡說：「世間還有人讀了三遍《漢書》呢！」

東坡重讀《漢書》，還手抄《漢書》。南宋陳鵠《西塘集耆舊續聞》記東坡在黃州時告訴友人朱載上，自己在第三遍抄《漢書》。他說的「抄」，還有背誦的意思。第一遍寫文章開頭的前三個字；第二遍寫前兩個字；第三遍寫第一個字。他還讓朱載上測試他看看，果然東坡都能一字不差背誦得出。

抄書為熟記，無書可讀的時候，借書來抄也是一種辦法。東坡稱陶淵明和柳宗元是他的「南遷二友」，是陪伴他謫居南方的心靈解藥。東坡在海南島寫給程全夫說：

> 兒子比抄得《唐書》一部，又借得《前漢》欲抄。若了此二書，便是窮兒暴富也。呵呵。老拙亦欲為此，而目昏心疲，不能自苦，故樂以此告壯者爾。

當時隨侍東坡的是幼子蘇過。蘇過借了兩部書來抄，東坡說兒子成了暴發戶啦！他雖然也想抄書，無奈年齡老大，應付不了。幸好他抄書的工夫傳授給了兒子，後繼有人。

二、「八面受敵」，主題閱讀

東坡的姪婿王庠（周彥）向他請教讀書要訣，東坡的回信提到了具體的操作方法，這段文字常被引用，做為東坡讀書法的代表，可惜往往斷章取義，甚至誤解了東坡的意思。我們先看看東坡是怎麼說的：

但卑意欲少年為學者，每讀書，皆作數過盡之。書富如入海，百貨皆有之，人之精力，不能兼收盡取，但得其所欲求者耳。故願學者，每次作一意求之。如欲求古人興亡治亂聖賢作用，但作此意求之，勿生餘念。又別作一次，求事迹故實、典章文物之類，亦如之。他皆倣此。此雖迂鈍，而他日學成，八面受敵，與涉獵者不可同日而語也。甚非速化之術，可笑！可笑！

東坡表示：

一、讀書要多讀幾遍。

二、再讀的時候要有明確的目的，知道自己想從書裡解決什麼問題。

三、這樣學有所成以後，來自八方的問題都可以各個擊破。

東坡的見解，就是Mortimer J. Adler和Charles Van Doren合寫的《如何閱讀一本書》（*How to Read a Book: The Classic Guide to Intelligent Reading*）裡談到的四種閱讀形態：

「基礎閱讀」、「檢視閱讀」、「分析閱讀」，以及「主題閱讀」。東坡尤其對「主題閱讀」深有體會。

有的人概括東坡的這段話為「八面受敵法」，我認為「八面受敵」只是形容最後想像的情況，不是「方法」。東坡要我們一次解決有針對性的一個或同類問題，不是要八面攻擊、威風八面、打敗敵人、洋洋得意。（錯！錯！錯！）

還有，東坡說這種讀書方法是不能速成的。「可笑！可笑」不是說「這種笨方法很可笑」，而是他的謙虛語氣（對晚輩也這樣），呼應他第一句說的「卑意」，東坡說：「在下以為……這種按部就班的辦法很慢啊！您就參考看看吧。」

明代的楊慎把這種讀書方法結合東坡抄《漢書》的事，編出了東坡三讀《漢書》的步驟，這是後話。我想補充：面對目前海量的各種資訊，東坡的這個讀書習慣，可以幫助我們反省，過濾出正確可靠的答案。

三、學以致用，厚積薄發

東坡重視活學活用，他小時候跟著母親學《後漢書》，讀到范滂的傳記，范滂不肯與奸黨同流合汙，最後慷慨赴義。東坡問母親：「我長大了以後也像范滂一樣，做個有氣節的人，即使年紀輕輕就死了，母親同意嗎？」

程夫人讚許他說：「你願意當范滂，我難道就不能當范滂的母親？」

在〈稼說送張琥〉裡，東坡談到「博觀約取」，「厚積薄發」，意思是：精要地多讀書，積累學識以後逐漸發揮。東坡**善於創造性地轉化所學的內容**，他給王庠的信談到「八面受敵」，便是得自《孫子兵法》的啟發。《孫子兵法．虛實篇》說：

> 故形人而我無形，則我專而敵分。我專為一，敵分為十，是以十攻其一也，則我眾而敵寡。能以眾擊寡者，則吾之所與戰者，約矣。

敵人現形而我隱藏，我專一集中力量；敵人力量分散，於是能夠致勝。

多讀、抄寫、背誦，為東坡寫作打下穩固堅實的基礎，他周邊的同僚也佩服。哲宗元祐年間，東坡兄弟在朝為官，蘇頌（子容）和劉攽（貢父）對蘇轍說：「我們年輕時讀的書，老了就忘了。」

蘇轍說：「是啊！」

劉攽說：「我看您的文章，還是記憶敏捷呢！」

蘇轍說：「哪裡！哪裡！」

蘇頌和劉攽都說：「我看您們兄弟倆，下筆引經據典都很精切，真是好記性啊！」

這個故事記載在蘇轍的孫子蘇籀的《欒城遺言》裡。常言道：「好記性不如爛筆頭」，蘇頌和劉攽大概不曉得東坡兄弟的祕訣吧。

★思考練習

你對東坡的讀書習慣有什麼想法？你有什麼讀書的祕訣嗎？

能量／時間

東坡能夠博聞強記，在於他培養了有系統（多讀經典）、有效率（主題式）、重覆刻意練習的閱讀習慣，這對準備考試的讀書人，是很具指導意義的方法。可是我們現代人，「博聞強記」很容易就被網路資訊和雲端大數據滿足，我們可能連家人和朋友的一個電話號碼也記不得。何況一些教育專家反對死記硬背，連九九乘法都不用背，東坡的學習法，還有用處嗎？

當然有用啊！**東坡的讀書習慣不是為了應付某一階段而學習，是終身學習**。你現在在讀這本書，就是正在實踐終身學習啊！（給自己拍拍手！）

終身學習很關鍵的一點，就是妥善管理時間和精力。尤其對於已經步入職場，有了自組家庭和下一代的人們，最常感嘆的，就是「時間不夠」。想做的事情沒時間做，怎麼辦？我以前和很多人一樣，想的是：「等退休以後，我要……」，把事情延後。好像退休了，大把大把的時間都完全屬於我，我可以想怎樣就怎樣。

有一天，我突然想到，萬一，我活不到退休的年齡，我的「夢想」，豈不是要帶進墳墓裡了嗎？我頓時毛骨悚然，很害怕自己白白過了這輩子。

於是我開始讀一些時間管理的書，我以為，是因為我沒有好好管理時間，才會徘徊擺盪在工作和家庭之間，焦頭爛額。沒想到，不管是「番茄鐘工作法」、「四象限工作法」，雖然有效，但是並不能解決根本的迷思。

根本的迷思是：管理時間的目的，為了「節省時間」嗎？

電腦減輕了我們的記憶負荷；機器取代了我們的體力勞動，科技的創新發明，的確是節省了很多時間。明明節省了時間，怎麼我們還會很焦慮呢？我後來明白，時間這種資源是有限的，你再怎麼管理，不像理財，能夠積累、增值，能夠攢存了以後再花。時間不可以的，不論你怎麼節省，怎麼管理，時間都會花掉。

所以，**與其說管理時間，更精準的表述是在時間裡管理、分配自己的精力**，有的人稱為「能量管理」。「時間管理」和「能量管理」二者相輔相成，核心是認識自己管理的目標——完善自己，過自己滿意的人生。

東坡沒有用二十世紀開發的管理學名詞，他已經在執行。我選出對我最有幫助，而且我也身體力行的三點。

一、工作清單

為工作列清單，大家可能都這麼做。美國外科醫生Atul Gawande的書《清單革命：不犯錯的祕密武器》（*The Checklist Manifesto: How to Get Things Right*）特別強調清單在工作中形成的秩序感和規律性。東坡辦公也做工作清單，而且還被人保留下來，事見周煇《清波雜志》：

> 番江寓客趙叔簡編修，宣和故家，家藏東坡親書歷（曆）數紙。蓋坡為郡日，當直司日生公事，必著于歷（曆），當晚勾消，唯其事無停滯，故居多暇日，可從詩酒之適。「欲將公事湖中了，見說官閑事亦無。」乃秦少章所投坡詩，蓋狀其實。

秦覯（少章）是蘇門四學士之一秦觀（少游）的弟弟，他追隨東坡學習，寫詩贈東坡。

《清波雜志》引的秦少章詩前兩句是「十里荷花菡萏初，我公所至有西湖」，這裡的「西湖」是穎州的西湖。東坡每天晚上檢查寫在曆紙上的待辦事項，做完了就一筆勾銷。David Allen的書《搞定》（*Getting Things Done: The Art of Stress-Free Productivity*）提出清單工作的五個步驟：收集、整理、組織、回顧和執行。東坡的工作執行完畢，還有一個獎勵機制，就是遊山玩水，飲酒賦詩，使得工作和休閒取得合宜的協調。

二、樂在夜讀

東坡愛讀書，他認為讀書是所有學習的基礎：「自孔子聖人，其學必始於觀書」。珠寶漂亮但是沒有實際用途；五穀有用但是數量有限，用了會減少，最能保值的，就是讀書。〈李氏山房藏書記〉說：

> 象犀珠玉怪珍之物，有悅於人之耳目，而不適於用。金石草木絲麻五穀六材，有適於用，而用之則弊，取之則竭。悅於人之耳目而適於用，用之而不弊，取之而不竭，賢不肖之所得，各因其才，仁智之所見，各隨其分，

才分不同，而求無不獲者，惟書乎！

充分掌握時間，公務之餘，東坡晚上十一點到一點左右讀書，他告訴秦覯（少章），即使喝醉了回家，還是讀書到睏倦了才就寢。（何薳《春渚紀聞》）

這一幕是東坡夜讀的情景：「夜讀孟郊詩，細字如牛毛。寒燈照昏花，佳處時一遭。」（〈讀孟郊詩二首〉）他讀的孟郊詩集字體很小，讓他讀得眼花。

東坡批評孟郊的詩風「寒」，他說「我憎孟郊詩，復作孟郊語」，不知不覺受到孟郊的影響。夜讀的樂趣不應該被勉強和煎熬打消，也不是為了向什麼人誇耀用功，東坡覺得今晚的狀態不佳，就不苦撐了，書卷闔上，喝酒去也！

人生如朝露，日夜火消膏。何苦將兩耳，聽此寒蟲號。不如且置之，飲我玉色醪。

三、適可而止

我們感到東坡可親可愛，由於他率真自然，願意向人坦白自己的弱點和缺失。他喜歡夜讀，讀倦了睡覺；讀得不舒服就去喝酒，不擺出老學究的姿態。有句話說：「生命就該浪費在美好的事物」，**我們管理了時間，提高效率，讓娛悅身心的事物充實生活，並且要量力而為，適可而止**。「休息是為了走更長遠的路」，拚搏於職場的人們尤其要偶爾讀讀東坡的〈記遊松風亭〉，歇一歇，調整一下節奏。

> 余嘗寓居惠州嘉祐寺，縱步松風亭下，足力疲乏，思欲就林止息。仰望亭宇尚在木末，意謂如何得到？良久忽曰：「此間有甚麼歇不得處！」由是心若掛鉤之魚，忽得解脫。若人悟此，雖兩陣相接，鼓聲如雷霆，進則死敵，退則死法，當恁麼時，也不妨熟歇。

我在《陪你去看蘇東坡》裡，特別考察了一下東坡居住廣東惠州附近的地勢高度，較高的地方大約二十三公尺。以平常人的體力，不難走上山坡。東坡年近六十，走得疲累了，隨時隨地想休息就休息。不要等到負荷過度，連休息也恢復不了的情況呀！真的是為公司賣命了！

★思考練習

你的時間／能量管理有什麼原則嗎？東坡的「隨時隨地休息法」對你適用嗎？

財務行政

東坡在中央任職七年，任地方官十八年，他反對王安石變法的理由，就是新法為富國強兵而「與民爭利」，和他主張「藏富於民」的觀點背道而馳。可以說，東坡跌入的大坎，歸因於財務行政管理的問題。本書且不談歷史政治的細節，只提個人能實現借鑑的層面。東坡如何理財？如何處理職場中對上司和對屬下的關係？

一、量入為出

東坡生於小康之家，薄有祖上田產，母親經營絲綢生意，對於理財應該不陌生。他二十五歲進入公職體系，有固定的收入，烏臺詩案一擊，將他從六品官的知州降革到從八品的「檢校尚書水部員外郎充黃州團練副使」，奪去他的行政職權，首當其衝的，便是薪資驟減。他給秦觀的信裡，談了在黃州怎樣解決經濟的困難：

初到黃，廩入既絕，人口不少，私甚憂之。但痛自節儉，日用不得過百五十。每月朔便取四千五百錢，斷為三十塊，掛屋梁上，平日用畫叉挑取一塊，即藏去叉，仍以大竹筒別貯用不盡者，以待賓客。此賈耘老法也。度囊中尚可支一歲有餘。

東坡說，這是湖州隱士賈收（耘老）教他的辦法。每個月初一取出四千五百錢，分成三十份，掛在屋樑上，每天只能用一百五十錢，如果一百五十錢有剩餘，就另外拿大竹筒存起來，做為接待客人的花銷。這樣大概可以撐個一年多。

四千五百錢相當於北宋城市消費的偏下水平，黃州地處偏僻，物價稍低，當時東坡家眷共有十多人，一天一百五十錢，平均一人十五錢，比一般一人每天基本開銷二十錢還少，真的是像東坡說的「痛自節儉」了。

東坡衡量個人資產，把錢分散在不同帳戶，而且「專款專用」，不致於入不敷出，這種基本的理財方式樸素而實在。

在理財工具鮮少的北宋，東坡能配置的投資只有土地。他幾次提到在陽羨（宜興）有田產：「買田陽羨吾將老」、「陽羨姑蘇已買田」。他離開黃州以後，上奏朝廷，說到自己「無屋可居，無田可食，二十餘口，不知所歸，饑寒之憂，近在朝夕。……臣有薄田在常州宜興縣，粗給饘粥，欲望聖慈，許於常州居住。」

被貶廣東惠州，東坡想在此地終老，便築屋於白鶴峰。遷入新居不久，新的詔令又將他貶去海南島。東坡從海南島赦回，請友人幫忙尋覓合適的土地做為告老居處。所以，東坡儘管晚年生活條件不佳，倒還不致於一貧如洗。

二、向上管理

我做系主任的心得之一，是明白「管理」不外乎「錢」和「人」。不論你是否擔任主管，人際溝通都很重要。職場的情商依職務和位階有不同的對應，我們可以概分為「向上」和「向下」兩種情況。彼得・杜拉克（Peter Drucker，一九〇九—二〇〇五年）說：「你不需要喜歡或佩服你的主管，你也不需要痛恨他。但是，你必須要管理他，好讓他變成你達成目標、追求成就與獲得個人成功的資源」。「向上管理」（Managing up）的終極目的，是獲得主管的信任，甚至改變他，進而兩人合作共贏。

由於彼此的權力不對等，「向上管理」很容易弄巧成拙，擦槍走火。東坡雖然沒有「向上管理」的說法，他初入政壇時和主管的相處，正好呈現他「向上管理」由失敗轉向成功的例子。

東坡的第一份公職，是在陝西鳳翔擔任通判。通判相當於副市長，主掌糧運、農田水利和訴訟等工作。東坡的直屬上司是陳希亮（公弼），經常批評和修改東坡寫的公文；對人們尊稱東坡為「蘇賢良」不以為然。東坡血氣方剛，不肯服從，有時還寫詩挖苦主管（〈客位假寐〉），該參與的中元節活動也故意避開，結果被主管舉發懲處，罰銅八斤。八斤銅約相當於九百六十錢，東坡當時的薪資約一萬餘錢，九百六十錢的處罰頗具警告意味。東坡的鋒芒在他為陳希亮築的凌虛臺寫記文時，仍然不曾收斂，他沒有讚美和祝福凌虛臺的壯麗永固，反而說：「物之廢興成毀，不可得而知也。」簡直像觸霉頭！陳希亮卻全盤接受了這篇文章，刻石為念。

陳希亮用震撼教育和寬大包容為東坡點明了職場的規則，對東坡後來任杭州通判，和前後三任知州沈立、陳襄、楊繪關係融洽，鋪墊了良好的基礎。東坡後來為陳希亮寫傳記，追憶年少輕狂，感念陳希亮對他的磨練和栽培。

東坡疲於杭州的送往迎來應酬，說是「酒食地獄」，但是和主管及同僚的詩酒風流，也正合於當時的氛圍。不用巴結奉承，投其所好，東坡表現的是適應環境和開放學習的心態。他本來不擅填詞，在杭州因社交需要而創作，後來另闢蹊徑，開拓了詞的新風格。

三、恩威並施搏感情

有蘇東坡這樣的老闆，是一種怎樣的體驗？

大家比較多談的是東坡「仗義直言」結果受到委屈；或是他在行政事務方面的建樹。執政者主要面臨的問題，東坡都處理過：乾旱（鳳翔）、洪水（徐州）、蟲害（密州）、瘟疫（杭州）、戰爭邊防（定州）。我們來看看東坡怎麼處理治安問題。

前面說過東坡用清單安排工作，他在穎州之所以能公務之餘還去遊湖作詩，是因為

「簡訟」，也就是老百姓的糾紛減少，訴訟官司容易解決。

還有一件影響地方平靜的是盜匪滋擾。東坡在密州、徐州、穎州都捉捕過盜匪，在穎州成功緝拿惡賊尹遇，是**東坡「胡蘿蔔加大棒」的管理奏效**結果。

哲宗元祐七年（一〇九二年），東坡知道汝陰縣尉李直方很有才幹，便使出恩威並施的策略，告訴李直方：如果能擒獲惡賊，就向朝廷建言，給予優渥的獎賞。假如失敗了，就以免職處分！

李直方不敢輕忽，自掏腰包懸賞，招募勇士，獲知賊頭所在，和家中九十六歲的老母泣別，帶領弓箭手直搗賊窟，親手刺倒惡賊尹遇，清除地方大患。東坡實現諾言，奏報朝廷，願將個人升職的獎勵轉贈給李直方。可惜朝廷認為李直方逮捕的盜匪人數不多，功勞不足以接受東坡的贈予，最終沒有核准。

東坡善於藉詩文表達對同僚的感情，遊賞、節慶、送別等等，無不可入詩；同僚唱和回贈，鞏固了情誼，也推動了工作的進展。他任杭州知州時，一天和通判袁公濟去山裡寺廟祈求下雨。袁公濟的曾孫袁文在《甕牖閒評》記載了東坡和他曾祖父打賭作詩的故事。

東坡說：「我們比賽賦詩，看誰的詩裡描寫的雨下得快，輸的人要請吃飯！」

東坡自信滿滿，張口就來：「一爐香對紫宮起，萬點雨隨青蓋歸。」意思是：我剛點起香膜拜，老天爺就下雨了。

袁公濟不遑多讓，接著吟道：「白日青天沛然下，皂蓋青旗猶未歸。」還沒擺好祭神的儀式，大太陽底下就嘩嘩落雨了。

誰的詩裡雨下得速猛？袁公濟嘛！香都來不及點呢。東坡甘拜下風，給下屬張羅了一頓好吃的酒菜。

執行公務還兼智力遊戲，有東坡這位老闆，不但工作不單調無聊，還能鍛練文筆呢！

★思考練習

你的理財規劃怎樣？職場的人際關係「事上以智，待下以仁」，能做得到嗎？

情緒調節

一、討厭人的勇氣

個體心理學近年很受關注，《被討厭的勇氣：自我啟發之父「阿德勒」的教導》暢銷三十萬冊，帶動了大家對阿爾弗雷德．阿德勒（Alfred Adler，一八七〇—一九三七年）的認識。阿德勒主張接納自我，信賴他人，尋求自我價值和認同感、貢獻感，由實現夢想而達到自由。

阿德勒的學說流行，一方面切中了時代所需；另一方面，我覺得「被討厭的勇氣」書名取得真好，原著是日文，完全刺中東亞人際關係的痛點。尤其在儒家教養制度下成長的人，被灌輸太多「己欲立而立人」、「克己復禮為仁」的行為準則，往往遇到「自己」和「他人」發生尷尬情況時，深覺疲憊無力。

我想，「被討厭」需要勇氣，其實，「討厭人」何嘗不是？我們敢像東坡一樣直接表現出對別人的討厭，嘲諷和詈罵嗎？

東坡因為反對王安石新法，得罪新黨，吃了大虧，貶謫黃州。幾年後，風水輪流轉，哲宗元祐初年，太皇太后高氏垂簾聽政，啟用舊黨，司馬光任宰相。司馬光致力廢除新法，本來反對新法的東坡，這時竟然沒有完全支持司馬光。

有一天，東坡和司馬光在朝廷爭論「免役法」和「差役法」的利弊。東坡認為免役法施行多年，可以加以調整，驟然改回差役法，難免擾民。何況差役法並不是最佳策略。兩人爭執不下，退朝後，東坡回家，一邊脫去官服，一邊罵道：「司馬牛！司馬牛！」「司馬牛」是罵人的話嗎？他是孔子的七十二弟子之一，個性多言而急躁。東坡罵司馬光「司馬牛」，哏在「牛」字，他氣司馬光太固執。

司馬光一直很賞識東坡，東坡也很敬重司馬光，「司馬牛」的小插曲，因為是背後罵的，殺傷力可能不大。司馬光去世時，禮儀由程頤負責。為了弔祭司馬光，東坡直接槓上了程頤，當面罵他山寨儒者，從此結下樑子。

那天剛好朝廷舉行秋季祭典，群臣行禮如儀，結束後要去司馬光家致哀。程頤不讓大家去，他引用《論語》的話說：「子於是日哭則不歌。」孔子他老人家參加過喪禮，當天就不進行娛樂活動，表示對死者的尊重。

東坡反脣道：「話不是這樣說，孔子可沒教我們參加過吉禮就不能去弔唁啊！」

一行人還是去了司馬光府上。

程頤管不住群臣，轉向管家屬，他告訴司馬光的遺族，不能讓弔客進門，搞得大家很僵。

惹惱東坡，大罵程頤是「枉死市叔孫通」、「鏖糟陂裡叔孫通」。

叔孫通是西漢儒者，程頤以為自己固守禮法就是叔孫通再世嗎？簡直不通情理，是個京城外爛泥巴地出來的冒牌貨！眾人聽了哈哈大笑！

東坡討厭程頤，讓東坡這方的「蘇學」（蜀黨）和程頤的「程學」（洛黨）爭執白熱化，影響了蘇學在中國哲學思想史的地位。

二、呵呵可笑

在談東坡的讀書法時，我提到東坡說的「可笑」經常容易被誤解，以為在批評別人。另一個時移義變的詞是「呵呵」，網路語言使用的「呵呵」歧異漸多，從有趣到敷衍、故意漠視、婉轉拒絕對方等等，必須分析前後語境。東坡的「呵呵」、「可笑」大約有三種情形。

（一）謙虛

東坡自謙學習方法「甚非速化之術，可笑！可笑！」意思是提供自己又慢又笨的讀書之道，聊備一格。他在給鮮于子駿的信說：「近卻頗作小詞，雖無柳七郎風味，亦自是一家。呵呵。」柳永是當時大受歡迎的填詞名家，東坡說自己寫不出柳永風格的詞，但是他給鮮于子駿「寫呈取笑」的〈江城子．密州出獵〉詞卻是別有豪情。

（二）自嘲

東坡用自嘲排解鬱悶和困境。他在密州寫〈後杞菊賦〉自嘲堂堂知州卻要吃枸杞和菊花充饑。

在海南島，生活條件更差，他剛到那裡時，覺得被囚禁在大海包圍的小島。後來想想，中原大地也是一個大島，誰都在島上啊。一盆水倒在地，螞蟻攀附著芥籽，茫然無措。不久之後，積水乾了，螞蟻能夠自由行動，看到同類，哭著說：「我以為再也見不到你了！哪曉得原來用不了幾時，就有了四通八達的路。」東坡說：「念此可以一笑。」轉念想通了，嘲笑自己拘泥，天地何其寬廣。

（三）詼諧

我們最熟悉的是東坡愛開玩笑的幽默感。他寫信向表兄文同（與可）索畫說：

近屢於相識處，見與可近作墨竹，惟劣弟只得一竿，未說〈字說〉潤筆，只到處作記作贊，備員火下，亦合剩得幾紙。專令此人去請，幸毋久秘。不爾，不惟到處亂畫，題云與可筆，亦當執所惠絕句過狀，索二百五十疋也。呵呵。

文同擅畫墨竹，東坡說最近在相識的人家看見文同的新畫，咦，咱倆關係不一般，怎麼表弟我只有你一張畫呢？我為你作的〈文與可字說〉，文章該有潤筆費吧？我曉得你不但給人畫畫，畫上還題寫贊記，恐怕你屬下一些打雜役的人都有幾張你的作品，怎麼沒有我的份？

東坡先擺事實，講道理，說文同沒理由拒絕為他畫畫。然後一不作二不休，直接派送信的人去請文同畫，不讓文同拖延。最後，再用威脅的語氣說：你不給我畫的話，我就到處冒你的名字亂畫，弄臭你的名聲！別忘了我手上還有你欠我兩百五十匹絹的證據哩！哈哈！

文同怎麼會有「把柄」落在東坡手裡呢？

原來，文同接到許多人請他作畫的絲絹，疲於應付，不耐煩地說：「我要把這些絲絹都拿來做襪子！」

文同知道東坡也會畫墨竹，寫信給東坡，說：「做襪子的材料都到你那裡了！」還附了詩：「擬將一段鵝溪絹，掃取寒稍萬尺長。」四川鹽亭鵝溪的絲絹品質精良，文同說：「我要送你鵝溪的絲絹，換你萬尺高的竹畫。」

東坡打了打算盤，回信說：「萬尺高的竹子要用兩百五十匹的絹來畫。」

文同後來雖然再寫信打了圓場，那兩句詩卻成了東坡力爭文同為他作畫的「欠條」。

一般人只會說恭維巴結的話，向藝術家請求作品。東坡這奇葩的招數，力道更強啊！

三、吐而後快

壓抑自己的情緒久了，可能會悶出毛病，東坡深諳此理，敢討厭人，即使在皇帝面前也直言無諱。他告訴同榜進士晁端彥（美叔）：「我非說不可，就像吃了有蒼蠅的東西，一定要吐出來！」

東坡說：「我被仁宗皇帝拔擢，屢次上奏章，慷慨激昂，聖上始終沒動怒。假如我不表達意見，大臣裡有誰敢說？我唯一擔心的，是被殺頭啊！」

晁端彥聽了，沉默不語。

東坡嘆息了一會兒，說：「我的小命無所謂，只是我死了，你也好不到哪裡去！」

兩人相視大笑。

東坡的「吐而後快」，表現在語言文字，也揮灑於繪畫。他到郭祥正家做客，喝得醉醺醺，拿起筆就在郭家牆壁畫竹石，郭祥正不但寫詩答謝東坡，還送給他兩把古銅劍。

東坡有詩：

空腸得酒芒角出，肝肺槎牙生竹石。森然欲作不可回，吐向君家雪色壁。
平生好詩仍好畫，書牆涴壁長遭罵。不瞋不罵喜有餘，世間誰復如君者。
一雙銅劍秋水光，兩首新詩爭劍鋩。劍在床頭詩在手，不知誰作蛟龍吼。

葉嘉瑩先生評論這首詩是「奇外無奇更出奇」。

我想，**東坡的情緒調節充滿「討厭人的勇氣」，忠於自我而不見風使舵，坦然承擔後果，正是我們欣賞他的地方。**

★思考練習

會困擾你或影響你的是怎樣的情緒？你有什麼方法或習慣調節情緒？

靈肉慾求

心理學家馬斯洛（Abraham Harold Maslow，一九〇八－一九七〇年）將人類的需求分為幾個層次：生理需求、安全需求、社交（愛與歸屬）需求、尊嚴需求、自我實現需求和超自我實現需求。這些需求猶如金字塔，從最底層的生理需求逐一向上提升。生理需求是人做為生物體存活和繁衍後代的本能，比如飲食、睡眠、性。

每個人都有生理需求，但是需求的程度不同，有的人吃半個三明治就飽了；有的人一天吃四餐還不夠。生理需求是自我管理的基底，直接影響我們的身心健康。關於飲食和睡眠，我們放到下一個「樂活自我」的區塊再說，這裡談東坡對性慾的看法。

東坡是貪戀嬌娘的瀟灑「風流帥」？還是不近女色的嚴謹「柳下惠」？我想，這兩個極端的形象都不能概括東坡。

性……東坡和友人的men's talk

《東坡志林》裡記載了在黃州時發生的men's talk：

昨日太守楊君采、通判張公規邀余出遊安國寺，坐中論調氣養生之事。余云：「皆不足道，難在去欲。」張云：「蘇子卿齧雪啖氈，蹈背出血，無一語少屈，可謂了生死之際矣。然不免為胡婦生子，窮居海上，而況洞房綺疏之下乎？乃知此事不易消除。」眾客皆大笑。余愛其語有理，故為記之。

東坡聽楊太守和張通判高談調氣養生，東坡也是頗好此道，他覺得那些都不算什麼，最難的是無法控制性慾。張通判有同感，他說蘇武堅決不投降匈奴，浪跡北地，餓了嚼氈毯，渴了吃冰雪，畢竟英雄難過美人關啊！這麼惡劣的環境，還能讓異族女子為他懷上孩子，何況我們有比蘇武優渥得多的條件呀！

同樣在黃州，東坡的朋友因為酒色過度而死去。第二天，他遇見一個年輕人，勸他戒色。年輕人不以為然，說自己就是好色，不怕死。東坡引用佛經裡的話說：

怖生於愛。子能不怖死生，而猶好色，其可以欺我哉？今世之為高者，皆少年之徒也。戒生定，定生慧，此不刊之語也。如其不從戒、定生者，皆妄也。如慧，而實痴也；如覺，而實夢也。悲夫！

意思是人有愛，所以會恐怖，你不怕死，也就沒有愛，怎會好色？你既好色，就是有愛，有情感欲念，就會怕死。戒、定、慧的修煉工夫環環相扣。

東坡還引用枚乘〈七發〉，寫了〈書四戒〉自我警惕：

出輿入輦，命曰「蹶痿之機」；洞房清宮，命曰「寒熱之媒」；皓齒蛾眉，命曰「伐性之斧」；甘脆肥濃，命曰「腐腸之藥」。此三十二字，吾當書之門窗、幾席、縉紳、盤盂，使坐起見之，寢食念之。元豐六年十一月，雪堂書。

不要出入都坐車；不要住寬闊舒適的房子；不要貪戀女色；不要沉溺美食。貪戀女色，會摧殘生命。

這麼看來，東坡是禁性慾的人嗎？

知易行難。東坡在黃州期間，和侍妾朝雲生了個兒子，那年他四十七歲。他的書蹟《覆盆子帖》雖然沒有寫友人為什麼送他新鮮的覆盆子，覆盆子滋陰壯陽的功效不免引發我們的猜想。

老子說：「吾所以有大患者，為吾有身。」身體是生理滿足的起點，也是心理焦慮的源頭。東坡沒有否認和避開，他想去除、節制和戒斷性慾。我們很難說他是否成功管理了自己的需求，也不必認為一個無性慾的東坡就是完人。

生命應該浪費在怎樣的美好事物？

和身體相對的，是對擁有外物的慾求。范仲淹說：「不以物喜，不以己悲。」「斷捨離」的觀念和行動，對現今物資過剩、消費便捷的社會引起了響應。**「斷捨離」的核心精神，應該是思考「我」和「物」的關係。**

滿足生理需求的「物」，比如食物和衣物，比較容易從降低和克制慾望、物資耗損的情況來「斷捨離」。不想被太多雜物占據空間，就盡量少買。壞掉的物品不能修理或資源回收處理的話，直接丟棄。

難解決的，是「有用但捨不得用」、「現實無用但心靈有用」的「物」，尤其是收藏這種「物」的癖好。

唐代張彥遠在《歷代名畫記》談到自己收藏書畫的心情：

余自弱年鳩集遺失，鑒玩裝理，晝夜精勤，每獲一卷、遇一幅，必孜孜葺綴，竟日寶玩。可致者必貨，弊衣、減糲食，妻子僮僕，切切嗤笑，或曰：「終日為無益之事，竟何補哉？」既而歎曰：「若復不為無益之事，則安能悅有涯之生？」是以愛好愈篤，近於成癖。每清晨閒景，竹窗松軒，以千乘為輕，以一瓢為倦。身外之累，且無長物；唯書與畫，猶未忘情。既頹然以忘言，又怡然以觀閱。常恨不得竊觀御府之名迹，以資書畫之廣博。

張彥遠就是把生理需求的「衣食之物」和怡然忘言的「書畫之物」分別對待，愛好收藏的「無益之事」，給予人在有限的生命裡極高的喜悅。

做物的主人，不做物的奴役

東坡也愛好收藏書畫，他理性分析了這種慾求，發現自己看輕死生富貴，卻格外珍重書畫，簡直本末倒置！物品如同過眼的雲煙、偶爾聽見的鳥鳴，與我隨緣聚散。他勸迷戀收藏的駙馬都尉王詵說：

> 君子可以寓意於物，而不可以留意於物。寓意於物，雖微物足以為樂，雖尤物不足以為病。留意於物，雖微物足以為病，雖尤物不足以為樂。

君子在物品上寄託情感，不能做物的奴役。懂得「我」和「物」的情感連繫關係，我就能主動的選擇，選擇物的種類；選擇情感的內涵和深度。**即使小小的物品，也能帶來很大的樂趣，而這樂趣也是操之在我的。**相反地，功利心、計較心、得失心都會阻礙我們收藏物的主動性，只看重名貴稀有的物件，被外在的因素影響愛物的樂趣，真是得不償失啊！

書畫的「悅目」性質對很多人「無益」；然而如果收藏「有用但捨不得用」的東西，怎樣對待呢？

東坡看得開，他在海南島為生計變賣了大部分的酒器，留一個荷葉杯，他說要「自娛」。他的友人石昌言收藏南唐皇室墨官李廷珪製的墨一輩子，人去墨在。東坡有詩「非人磨墨墨磨人」，墨是讓人磨著用，不是用來折磨人的，那就失去擁有物的樂趣了。

肉體和性靈的慾求看似有高下之分，我覺得不一定。**有時我們太強調精神層面的崇高偉大，殊不知精神未必是虛生的，往往正是物質（身和物）孕育了精神。**

★思考練習

你認為收藏物品的癖好可以歸類在馬斯洛的需求理論嗎？在哪個層次？

有什麼東西讓你感到身體和性靈的雙重滿足？

逆商轉念

你聽過智商（IQ，Intelligence Quotient）、情商（EQ，Emotional Quotient），知道還有「逆商」（AQ，Adversity Quotient）嗎？「逆商」又譯成「挫折商」，指的是人們面對逆境挫折時的抗壓性，以及應對處理的能力。

保羅．史托茲（Paul G. Stoltz，一九六〇—）一九九七年出版的書《AQ逆境商數》（*Adversity Quotient: Turning Obstacles into Opportunities*）提出了「逆境商數」的概念，認為懂得解決和突破人生中的困難，化阻礙為機會，才能獲得成功。

近年「成功學」當道，「逆商」的說法大為流行，如果用世俗的價值觀衡量，東坡稱不上人生成功的典範，有的人甚至認為他是個「魯蛇」（loser）——仕途節節走下坡，跌到最低深的谷地，即使大難不死，也沒享有多少後福。

東坡當然不曉得他的貶謫生活，過的就是展現逆商的日子。我拿逆商理論來當框架，目的不在激勵功成名就，而是看東坡怎樣身體力行。**用尼采的話說：「那些殺不死我的，讓我更堅強。」我想，克服難關，超越苦厄，積極存活，就是成功。**

保羅．史托茲總結了磨練逆商的四個步驟：聆聽（Listen）、探索（Explore）分析（Analyze）、行動（Do），合為LEAD方法。我們看東坡在海南島怎麼解決他的逆境。

聆聽（Listen）

在〈如夢之夢〉那篇，我們說過東坡在惠州寫的詩「報道先生春睡美，道人輕打五更鐘。」讓政敵章惇不滿東坡還能快活，加大了打擊他的強度，將東坡遠謫海南儋州。

東坡在儋州的職銜是「瓊州別駕，昌化軍安置」，位九品，比他初出仕時的八品官還低。哲宗紹聖四年（一〇九七年）六月十一日，東坡在雷州告別弟弟子由，渡海往海南島，在海口登岸，然後一路顛簸，七月二日才抵達昌化軍（儋州）。

東坡照例向皇帝報告，呈〈到昌化軍謝表〉，其中寫道：

> 並鬼門而東騖，浮瘴海以南遷。生無還期，死有餘責。……伏念臣頃緣際會，偶竊寵榮。曾無毫髮之能，而有丘山之罪。宜三黜而未已，跨萬里以獨來。恩重命輕，咎深責淺。……而臣孤老無托，瘴癘交攻。子孫慟哭於江邊，已為死別；魑魅逢迎於海上，寧許生還。

東坡不能免規矩地叩謝皇恩，一再自責——「死有餘責」、「咎深責淺」，說自己沒能好好報效朝廷，貢獻太少，再三被貶黜是罪有應得。這例行公事裡流露了深切的內心聲音，東坡聆聽自我，反思落到這步田地的原因，和自己應該承擔的責任。

即使表達自責，我們也可以看得出，這自責是虛的，沒有具體的內容。相反的，具體的細節是自己「跨萬里以獨來」、「孤老無托，瘴癘交攻。子孫慟哭於江邊，已為死別」，身心遭受的磨難。如果這是朝廷希望對他的懲處，目的已經達到了。東坡兩次提到了這篇文字的最終關鍵：「生還」——「生無還期」、「寧許生還」，像是懷疑沒法活著回中原，實則是堅定生存的意志。

探索（Explore）

與其消沉自傷，不如直面現況。東坡寫信給程儒秀才，說儋州生活的「七無」：

> 此間食無肉，病無藥，居無室，出無友，冬無炭，夏無寒泉，然亦未易悉數，大率皆無耳。惟有一幸，無甚瘴也。

東坡向內堅持活下去的決心，向外探索周圍的環境。儋州的飲食、醫療、住房、社交、氣候……各方面數不清的「無」——虧乏、空虛，唯一幸運的「無」，是沒有像惠州那麼嚴重的瘴毒濕氣。

分析（Analyze）

無肉無藥，東坡靠友人郵寄船運接濟。新的人際網絡，就地逐漸建立聯繫。避暑禦寒，都不如住房是當務之急，有了安穩的居室，至少能遮風蔽雨，抵擋冷熱。

經過這番分析，東坡最迫切的是要解決住處的問題。他在儋州位階低，幾乎沒有俸祿，不能住官家的宿舍。起初他和小兒子蘇過租了破舊的房子，〈和陶怨詩示龐鄧〉詩形容他們的窘狀：「如今破茅屋，一夕或三遷。風雨睡不知，黃葉滿枕前」。昌化軍軍使張中不忍東坡父子煎熬，修繕了倫江驛的宿舍讓他們棲身。不料，湖南提舉常平董必察訪廣西，聽說東坡住在宿舍，便派手下去儋州巡視，然後下令把東坡趕出去。連帶的，把張中以違法處置。

行動（Do）

「逆商」和「智商」、「情商」最大的差別，我覺得是自救的行動力。

東坡付諸行動，在南邊汙池之側買了一塊地，桄榔樹林裡建房屋。他在給程儒秀才的信裡說：

> 近與小兒子結茅數椽居之，僅庇風雨，然勞費已不貲矣。賴十數學生助工作，躬泥水之役，愧之不可言也。尚有此身，付與造物，聽其運轉，流行坎止，無不可者。故人知之，免憂。乍熱，萬萬自愛。不宣。

東坡把僅有的積蓄大部分花在這容身之室，幸好獲得當地百姓協助，新居順利落成，稱為「桄榔庵」，東坡作銘為記：「東坡居士，強安四隅。以動寓止，以實托虛。放此四大，還於一如」。他的〈新居〉詩對比了住「舊居」時的仰人鼻息，稍感心滿意足：

> 朝陽入北林，竹樹散疏影。短籬尋丈間，寄我無窮境。舊居無一席，逐客猶遭屏。結茅得茲地，翳翳村巷永。數朝風雨涼，畦菊發新穎。俯仰可卒歲，何必謀二頃。

除了合乎「逆商」觀念的LEAD法則，我想還有一個重點不可輕忽，就是東坡善於**「轉念」，換個角度正向思考，劣勢也會有轉機**。你看他好像在吐苦水，說海南樣樣糟糕，簡直不是人待的地方，然後話鋒一轉，說「惟有一幸，無甚瘴也」。注意哦！不是沒有

「瘴」，是沒有非常厲害的「瘴」，這就算是「幸」了。

前面我們說過東坡用自嘲調節情緒，以為自己困在海外小島，其實中原大地也是世界的一個島啊！東坡說：「念此可以一笑。」這就是轉念的結果。

還有一個耳熟能詳的故事，說有人送東坡生蠔，東坡剖出蠔肉，連同殼裡的漿汁加酒烹調，父子倆吃得津津有味。東坡跟兒子說：「可別告訴別人，讓那些在北方的人也都想被貶謫來海南島，分享我們的美食啊！」悉心品味生活，逆境中也有甘美，這就是轉念的功效。

★思考練習

如果只能選擇一項，你最想提升的是自己的智商、情商，還是逆商？為什麼？

自我管理之有此衣說

一．自我管理的「管」是自律；「理」是調整，二者要取得平衡適中。

二．市面上有許多談自我管理的書籍和顧問，要謹慎選擇。

三．懶惰、拖延、自傷自憐是「習慣」？還是需要求醫治療的「病」？請在自我管理的時候仔細觀察。

樂活｜自我

「樂活」這個詞，可以簡單說是「快樂生活」，也可以說是LOHAS（Lifestyles of Health and Sustainability）的中文翻譯，意思是健康和永續發展的生活型態。東坡應該是中國古代文人中非常重視生活的一位，即使被貶謫三次——黃州、惠州、儋州，一次比一次遠離朝廷，他仍然苦中作樂。

什麼是苦？什麼是樂？東坡的〈樂苦說〉這樣理解：

> 樂事可慕，苦事可畏，此是未至時心耳。及苦樂既至，以身履之，求畏慕者初不可得。況既過之後，復有何物比之。尋聲捕影，繫風趁夢，此四者猶有彷彿也。如此推究，不免是病，且以此病對治彼病，彼此相磨，安得樂處。

人人都喜歡快樂的事，害怕辛苦的事，這是苦樂的事還沒有真的發生時，心裡想的。等到真的發生了，回不到當初的心情。苦樂的事過去了，也找不到可以比擬的物象，用什麼捕風捉影的辦法，也只能表述出大概的情形。所以，真正的樂處，是不必區分苦樂，也就沒有歡喜和恐懼了。

人各有所好，所謂「樂活生活」的實質內涵也各有選擇，在這個區塊，我挑了六個我覺得比較有特性的東坡「小確幸」：

一、廣結善緣

二、短板增長

三、老饕大餐

四、沐浴安眠

五、養生靜和

六、月夜閒遊

廣結善緣

我在《陪你去看蘇東坡》裡，根據孔凡禮《蘇軾年譜》的統計，說到東坡的朋友圈大約有一千三百人。這一千三百人是東坡著作裡出現的人物，很多讀者都表示驚訝，我也覺得東坡的社交網絡好寬大！

英國人類學家羅賓．鄧巴（Robin Dunbar，一九四七－）研究指出，我們大腦能記得的名字，並且維持穩定關係的人數大約是一百至兩百五十人，平均一百五十人。比起鄧巴數（或頓巴數，Dunbar Number）一五〇，東坡的一三〇〇高得多。你想，連在海南島和東坡說：「內翰昔日富貴，一場春夢」的老婆婆，都被東坡寫進詩裡：「投梭每困東鄰女，換扇惟逢春夢婆。」而有了「春夢婆」的稱呼，何況其他往來更密切的人呢！

東坡的朋友圈是這樣搭建的

東坡有多能廣結善緣？南宋高文虎《蓼花洲閑錄》記載：

蘇東坡泛愛天下士，無賢不肖歡如也。嘗言：「自上可以陪玉皇大帝，下可以陪悲田院乞兒。」子由晦默少許可，嘗戒子瞻擇交。子瞻曰：「吾眼前見天下無一個不好人。」

子由雖是弟弟，見**東坡從天神玉皇大帝到救濟院的乞丐都能交朋友**，不免勸他要小心謹慎。偏偏東坡就是泛愛大眾的人啊。

東坡見人人都是好人，那麼他有沒有被「好人」傷害過？又是怎麼平撫的呢？我們來看三個例子。

三個愛恨糾纏的朋友

東坡和王安石

仁宗嘉祐六年（一〇六一年）東坡兄弟二人通過制科考試，封官任職。王安石不滿蘇轍的考試文章有批評皇帝的內容，拒絕寫任命蘇轍的制書，蘇轍感到委屈，父親蘇洵尤其大為憤怒，後來寫了〈辨奸論〉，指王安石為奸人。

東坡反對王安石變法，加深了兩人的矛盾。東坡反對的，是為了達到富國強兵的目的，增加了百姓的負擔。政治鬥爭引發的烏臺詩案，主謀並非王安石，那時他已經罷相。神宗元豐七年（一〇八四年），東坡離開謫居地黃州，去江西和弟弟相聚，又登了廬山。之後，他去金陵（南京）會見無官一身輕的王安石。

「從公已覺十年遲」，東坡給王安石的詩這樣寫著。人們猜測，東坡這是奉承？還是後悔呢？

我覺得兩種都不是，這是他和王安石的和解。他倆會談，一定聊到攸關朝廷和個人命運最重大的事，就是變法。東坡可能這才深入明白王安石的治國用心，以及政策改革的意義。也因為這樣，東坡後來還朝才會支持部分新法，反對全盤推倒，和司馬光起了爭執，罵他「司馬牛」。

程之才（正輔）是東坡的表兄和姊夫。東坡的母親程夫人是大理寺丞程文應之女，她的哥哥程濬，就是程之才的父親。蘇洵有三子三女，長子和長女、次女早夭，幼女八娘，也就是東坡的姊姊，十六歲時嫁給表兄程之才。（所以，東坡沒有妹妹叫「蘇小妹」。）

這本是一樁親上加親的婚事。八娘生了孩子，在婆家仍不受待見。她後來生了病，婆家也沒讓她醫治。八娘帶了孩子回娘家，父母非常心疼，後悔讓她吃苦。程家責備八娘沒有好好孝敬公婆，去蘇家帶回孩子，八娘終日以淚洗面，鬱疾而終。

蘇洵痛失這個「幼而好學，慷慨有過人之節，為文亦往往有可喜」的寶貝女兒殞落於十八歲的青春年華，寫〈自尤〉詩斥罵程家，也深深自責當初的安排太草率。

夾在娘家和丈夫之間的程夫人左右為難，蘇洵決定和程家斷絕來往，這一斷，就是四十二年，直到東坡被貶謫惠州。

黃庭堅〈跋子瞻和陶詩〉說：「子瞻謫嶺南，時宰欲殺之」，東坡被貶惠州時，宰相章惇故意命程之才為廣東提刑，等於是派東坡的世仇來監管他。東坡請友人輾轉探聽程之才的態度，並且從子由那裡知道程之才對他們表示關切，於是放心和程之才通信，希望能夠晤面。

從此，兩家盡釋前嫌。後人統計，保留在東坡文集裡的書信，最多是給程之才的。

東坡和章惇

我們一直講章惇千方百計折磨東坡，讓他一貶再貶，到底東坡哪裡得罪章惇？有什麼深仇大恨，使得章惇想置東坡於死地呢？

說起東坡和章惇的恩怨，就是北宋中後期六十年左右的政治史。我簡單用一句話概括，就是「瑜亮情結，友人反目」。

仁宗嘉祐二年（一〇五七年）的科舉考試，真是群星閃耀，上榜的學子，除了東坡兄弟，還有曾鞏——主考官歐陽脩誤把東坡的文章認作曾鞏的，為了避嫌，判了個第二。還有被東坡批評冒牌通儒的程頤。還有東坡愛和他開玩笑的晁端彥。還有王安石的愛將呂惠卿，還有，就是章惇。狀元呢？是章惇的族姪章衡。

章惇恥於落後給晚輩，沒有馬上接受任命，東坡是任職鳳翔通判時，在長安才認識他。兩人年齡相差一歲，惺惺相惜。

一天，章惇去拜訪東坡，結伴去仙遊潭玩。仙遊潭附近的仙遊寺，就是白居易參拜過，因而寫作〈長恨歌〉的地方。去潭南邊的寺廟，要走一段獨木橋，橋下是深不可測的潭水。東坡這是第二次來，還是不敢走。章惇呢？一馬當先，神色自若。

章惇還在橋對岸的石壁上題了「章惇蘇軾來游」，平步走回來。

東坡拍著章惇的後背，說：「你以後一定能殺人！」

章惇問：「怎麼啦？」

東坡說：「**你連自己的性命都不顧，哪裡還會愛惜別人的命呢？**」

章惇聽了，哈哈大笑。

膽大直勇的章惇，受王安石提拔，像他過獨木橋一樣，平步青雲，升官比東坡還快。他們第一次政見不合，是東坡在密州時，反對官家把百姓製的鹽收購，再賣回市場，為朝廷賺取利潤的「榷鹽」制度。這個小摩擦沒有傷害兩人的交往。東坡被貶謫黃州，章惇還是很關切他，東坡說：「平時惟子厚與子由極口見戒，反覆甚苦。」除了弟弟，就是章惇經常勸告他了。

哲宗元祐年間，祖母高太皇太后垂簾聽政，啟用司馬光為宰相，展開肅清新黨的工作。東坡兄弟還朝，蘇轍擔任右司諫，奏呈〈乞罷章惇知樞密院狀〉，連同一些舊黨官員，合力把章惇貶到了汝州，位階由二品官降職到從三品的正議大夫，那是在元祐二年（一〇八七年）。在那前一年，東坡因反對沈起擔任朝散郎監嶽廟，上書抨擊沈起，流彈掃射到章惇，東坡說他們都是在王安石麾下，為競邀邊功，不惜激起民族衝突。

同樣在元祐二年，已經從京都被貶到地方的新黨另一員高官蔡確，在謫地安州（湖北安陸）遊車蓋亭，寫了十首絕句。蔡確的詩，被以前和他有嫌隙的吳處厚奏上朝廷，說內容有譏訕毀謗高太皇太后之意，這是繼烏臺詩案之後，又一起文字獄。

群臣沸沸揚揚議論應該怎樣處置蔡確。東坡的意見很微妙，他提出的點子很像《羅密歐與茱麗葉》裡詐死的做法，就是皇帝下詔把蔡確逮捕審訊（像東坡自己的經歷），然後高太皇太后大發慈悲心，饒恕蔡確。結果，高太皇太后非但不肯配合演出，還一怒之下，要把蔡確發配嶺南。

大臣請高太皇太后從輕發落，說自從丁謂以後，七八十年以來，沒有罪臣遠逐嶺南，這條路，可別重開啊！

高太皇太后氣憤難消，堅持把蔡確貶到新州（廣東新興）安置。此後，蔡確沒有活著北歸。

所以，現在你曉得風水輪流轉，哲宗親政，章惇重返相位，他內心的芥蒂，如何一步步把東坡推向嶺南和海南了。

堅強的東坡撐過來了。徽宗即位，章惇罷相，被貶蘇轍曾經待過的雷州。章惇的兒子章援聽說東坡可能要執相，寫信向東坡求情。東坡告訴他：「某與丞相定交四十餘年，雖中間出處稍異，交情固無增損也。聞其高年寄跡海隅，此懷可知。」還安慰他好好照顧父親，寫自己養生的「白朮方」給他。

徽宗崇寧四年（一一〇五年），章惇死於貶所湖州，而東坡已經先於四年前去世。

東坡的廣結善緣，固然有令他糾結的人際關係和政治利害，至少，在他有生之年，都得到了寬釋。

★思考練習

想一想，你和長輩、親戚、朋友的交往中，有沒有讓你糾心的事？你怎樣處理呢？

短板增長

既有文采才華，又懂得品味生活，在你心目中，東坡是不是無所不能的啊？

東坡雖然挺自負，承認自己「一肚皮不合時宜」，也等於在說：即使「不合時宜」，我還是可以過自己的日子，你奈我何？

東坡就沒有輸給別人的地方嗎？

當然有啦！

宋代彭乘《墨客揮犀》記載：「子瞻嘗自言平生有三不如人，謂著棋、吃酒、唱曲也。」看到了嗎？你如果棋藝高、酒量好、歌聲美，三樣能有一樣行，恭喜你！你勝過東坡啦！

不過，且慢，彭乘接著說：「然三者亦何用如人。」簡直太崇拜東坡了！不是嗎？說這三樣不如人也沒關係。

我覺得東坡了不起的本領，不是彭乘說的「不如人也沒關係」，而是這三樣短板，都被他用別的方式增長了。

勝固欣然，敗亦可喜

我們先來看看東坡怎麼說下棋。那位在海南島，因為讓東坡住公家宿舍而被罰的張中很愛下棋，東坡說他是「海國此奇士，官居我東鄰。卯酒無虛日，夜棋有達晨」。又作〈觀棋〉詩，詩前有引文說：

> 予素不解棋，嘗獨游廬山白鶴觀，觀中人皆闔戶晝寢，獨聞棋聲於古松流水之間，意欣然喜之，自爾欲學，然終不解也。兒子過乃粗能者，儋守張中日從之戲，予亦隅坐，竟日不以為厭也。

東坡萌生想學棋的念頭，緣於在廬山遊歷時的悠然經驗。白鶴觀的人關了門睡午覺，只聽見古松流水間傳來落棋子的聲音，令人神往。可惜東坡始終不會下棋，幼子蘇過不知道跟誰學的，略通一二，能夠陪張中下棋。東坡坐在一邊觀戰，倒也看得津津有味。

東坡體會出「勝固欣然，敗亦可喜」的競技心得，這句話我從小學時候的運動會就聽老師說過，原來是東坡發明的啊！現在大家流行說「博奕論」，分析「囚徒困境」，研究算法、概率，AlphaGo都打敗了世界棋王李世乭，吳清源在世的話，大概也只能嘆息。**咀嚼東坡說的「勝固欣然，敗亦可喜」，單純享受切磋棋藝，才能感到快樂吧。**

把盞為樂

東坡為他的堂兄蘇不疑（子明）的詩題跋，說子明年輕的時候挺能喝酒，可以喝二十「蕉葉」，十五年不見，子明只能喝三蕉葉了。東坡說：「吾少年望見酒盞而醉，今亦能三蕉葉矣。」以前看見酒杯就要醉倒，如今和子明一樣，也能喝三蕉葉了，這其中的變化，不只是酒量，是歲月啊！

「蕉葉」是芭蕉葉造型的杯子，杯壁很淺，像個狹長的碟子。我在越南河內買過繪有山水的青花芭蕉葉小碟，當時覺得設計很新穎，樣式卻古雅，莫非就是蕉葉杯的遺傳？

和東坡亦友亦師的黃庭堅，在東坡的文字後面吐槽，說：「東坡自云飲三蕉葉，亦是醉中語；余往與東坡飲一人家，不能一大觥，醉眠矣！」他和東坡去某人家飲酒，東坡連一大觥都不行，就喝掛啦！「三蕉葉」的酒量？吹牛哩！

東坡不必直接和人拼酒，他說：「予雖飲酒不多，而日欲把盞為樂，殆不可一日無此君」。他的「戰術」是往製造的本體及思想的深度推進，拔高自己和酒的享樂關係。

宋代實行「榷酒」制度，由官家控管造酒的酒麴和公賣酒的經營權。《清明上河圖》裡，掛「正店」招牌的，是可以釀酒的酒場；掛「腳店」招牌的，只能向正店批發酒，再零售給消費者。私人釀酒販賣是犯法的行為，東坡雖然自釀自飲，大剌剌寫出他釀桂酒、天門冬酒，給酒取名字「中山松醪」、「羅浮春」、「真一酒」等等，還公布釀造配方、比例、步驟，寫〈東坡酒經〉，明目張膽呢。

東坡常寫他釀酒的方子和祕訣得自某某道士，比如我們前面說過道士楊世昌陪東坡夜遊赤壁，教東坡用蜂蜜釀酒，東坡作〈蜜酒歌〉。不過喝了東坡釀蜜酒的人都瀉肚子了！

酒量不行，釀酒技術也待提升，東坡另有本事，他喝酒喝出哲學的境界。〈酒隱賦〉寫一位「隱於酒」的逸人，他「不擇山林，而能避世。引壺觴以自娛，期隱身於一醉」。

在〈濁醪有妙理賦〉裡，他認為酒是「獨遊萬物之表」，達到「神聖功用」最快捷的方式，他醺醺然於「在醉常醒，孰是狂人之藥；得意忘味，始知至道之腴」。說得比喝的酒還高明，果然短板激長。

唱曲填詞

前面彭乘說東坡自稱有三件事不如人，彭乘認為「然三者亦何用如人。」不必樣樣比人強嘛！他又接著解釋東坡不善於唱曲：「子瞻之詞雖工，而不入腔，正以不能唱曲耳。」東坡的音樂造詣不行，影響了他填詞的功力，即使文字頗佳，不合格律，就等於是敗筆。

下棋和喝酒，關乎個人興趣和體質，無傷大雅。填詞就不同了，才華再高，不合規矩，就難免受到批評。直接點名批評他的，有詞人李清照，她說：

> 蘇子瞻，學際天人，作為小歌詞，直如酌蠡水於大海，然皆句讀不葺之詩爾。又往往不協音律者，何耶？蓋詩文分平側，而歌詞分五音，又分五

聲，又分六律，又分清濁輕重。

李清照佩服東坡學問深廣，他填詞就像拿葫蘆做的瓢往大海裡舀水一樣，取用不盡。可惜，東坡詞只是一些句式不整齊的詩而已，況且還常常不合格律。李清照還分析了東坡詞不合格律的原因，就是除了字的平仄，還要照顧聲調及清濁。

漢語裡有很多同音字，平時說話有前後脈絡，都還免不了會錯意，相聲裡的笑哏就用了這種諧音的特色。放在歌曲裡，配合音調和斷句，處理不得當的話，笑話更多。像周杰倫唱歌咬字不清，就被網民嘲笑，把「說不上為什麼，我變得很主動」，惡搞成「說不上為什麼，我變得很豬頭」……。

蘇門子弟坦護老師，紛紛出來打圓場：「東坡居士曲，世所見者數百首。或謂於音律小不諧，居士詞橫放傑出，自是曲子中縛不住者。」這是李清照寫〈詞論〉之前，有的記載寫黃庭堅說；有的寫晁補之說。總之，嫌東坡詞的缺點當時一定讓蘇門子弟不爽，要應戰強調老師的作品橫空出世，不受格律約束。

前面講過東坡ＰＫ最流行的柳永詞，誇自己「自是一家」。還有一次，東坡問一位歌手：「我的詞比柳永的詞怎麼樣？」歌手很機靈地回答：

柳郎中詞，只好十七八女孩兒，執紅牙拍板，唱「楊柳岸，曉風殘月」。

學士詞，須關西大漢，執鐵板，唱「大江東去」。

東坡聽了，非常開心！柳永的詞溫柔婉約，適合妙齡女子演唱；東坡詞要男子漢才能表現出豪放雄邁的氣勢。這位歌手完全掌握了東坡「自是一家」的特色啊！

不過，詞學研究者可不一定滿意。詞是為酒宴歌席助興，宋代的酒業興隆，帶動娛樂演藝繁盛，有市場需求，才促進填詞活躍，什麼人喜歡點關西大漢來陪酒，動不動就感慨「人生如夢」呢？

也有學者為東坡解危，說東坡其實也懂唱曲，也明音律的呢，例子我就不細談了。我要說的是，當年東坡被李清照指出的問題，隨著詞曲的旋律逐漸失傳，已經沒那麼嚴重。相反的，像〈念奴嬌〉這樣的詞牌下面，有了「赤壁懷古」的標題，主旨更加清晰，使讀者容易理解，所謂詞的「向上一路」，經東坡超前部署，三度短板增長。東坡天上有知，定然呵呵不已。

★思考練習

想想自己有什麼短板？怎樣可能增長？

老饕大餐

不曉得蘇東坡是誰的人，大概也都吃過「東坡肉」。我在《陪你去看蘇東坡》裡，寫過一篇〈東坡沒吃過東坡肉〉，談了「東坡肉」的由來。我認為「東坡肉」是後人發明的，東坡覺得豬肉燒竹筍最好吃。

東坡因烏臺詩案入獄，生死未卜。

長子蘇邁每天給他送飯，東坡約定，假如聽說了壞消息，就把每天送的菜和肉換成魚。蘇邁侍候了好長時日，逐漸拮据。

一天，他委託親戚幫忙，自己去籌錢，但是忘了交代和父親的信號。親戚可能想讓東坡好好吃一頓，就準備了魚送去。東坡見到魚，大為震驚！以為來日無多，就寫了詩做為遺書，請獄卒帶出，轉交弟弟子由。據說獄卒不敢隱瞞，詩讓神宗皇宗知道了，動了憐憫之心。

那條魚，東坡吃沒吃呢？我猜，就算明日殺頭，東坡今天還是大快朵頤。他也沒有留下陰影傷痕，一百三十天出獄，初到謫地黃州，仍然忍不住寫詩，對著黃州的竹筍和魚流口水：「自笑平生為口忙，老來事業轉荒唐。長江繞郭知魚美，好竹連山覺筍香。」

東坡品牌美食

東坡愛吃，尤其喜歡創意發明，他的食譜裡冠有「東坡」品牌的，是「東坡羹」，他說：「東坡羹，蓋東坡居士所煮菜羹也。不用魚肉五味，有自然之甘。」他把白菜、蘿蔔、大頭菜、薺菜（一說芥菜）揉洗幾遍，去掉辛辣苦味，加一點油和水，煮成菜湯，再放一些米和生薑，就是美味的「東坡羹」了。沒有蔬菜的話，瓜類、茄子加紅豆和粳米也可以。

這素食「東坡羹」最適合在貧窮的時候對付著過生活。物資匱乏的海南島，東坡吃了不少東坡羹，寫〈菜羹賦〉說：「忘口腹之為累，似不殺而成仁。竊比余於誰歟？葛天氏之遺民。」簡直是活在淳樸理想的上古時代啊。

說歸說，什麼清淡天然的蔬食美味，東坡最喜歡的，還是豬羊螃蟹和葡萄酒，你看他的〈老饕賦〉，不仔細了解背景，還以為是記錄一場歡宴，哪裡曉得是在海南島的精神大餐呢。

我們現在說「吃貨」、「老饕」，是讚美的意思吧？「老饕」這個詞可能是東坡創的，來源是神話裡的怪獸「饕餮」。饕餮人面羊身，眼睛長在腋下，凶惡又貪吃。東坡把象徵貪饞的饕餮拿來自比，他不但和饕餮一樣沉迷口腹之慾，而且還是個老資格的饕餮。

東坡的私房大餐菜單

〈老饕賦〉不長，我們來看看這裡頭的東坡私房大餐菜單：

庖丁鼓刀，易牙烹熬。
水欲新而釜欲潔，火惡陳（江右久不改火，火色皆青）而薪惡勞。
九蒸暴而日燥，百上下而湯鏖。
嘗項上之一臠，嚼霜前之兩螯。

爛櫻珠之煎蜜，滃杏酪之蒸羔。
蛤半熟而含酒，蟹微生而帶糟。
蓋聚物之夭美，以養吾之老饕。
婉彼姬姜，顏如李桃。
彈湘妃之玉瑟，鼓帝子之雲璈。
命仙人之萼綠華，舞古曲之鬱輪袍。
引南海之玻瓈，酌涼州之蒲萄。
願先生之耆壽，分餘瀝於兩髦。
候紅潮於玉頰，驚煖響於檀槽。
忽纍珠之妙唱，抽獨繭之長繰。
閔手倦而少休，疑吻燥而當膏。
倒一缸之雪乳，列百柂之瓊艘。
各眼灩於秋水，咸骨醉於春醪。
美人告去已而雲散，先生方兀然而禪逃。

響松風於蟹眼，浮雪花於兔毫。

先生一笑而起，渺海闊而天高。

東坡說：要請刀工最棒的庖丁來操刀，最懂烹調的易牙來掌勺。鍋具和水要乾淨，注意燒柴，控制火候。要耐得住性子，有的食材要多次蒸煮以後再曬乾；有的要慢慢燉熬。然後，上菜了！東坡吃些什麼呢？

豬頸脖最嫩的一塊肉。秋天霜降之前螃蟹的兩隻螯。蜂蜜煎櫻桃。羔羊肉搭配杏仁酪。半熟的蛤蜊淋一點酒。酒糟醃的微生螃蟹。用精美的玻璃杯盛上等的葡萄酒，嬌滴滴的美女來歌舞作陪。吃喝得雙頰紅潤，醉眼惺忪。酒足飯飽，再用兔毫紋樣的杯盞飲雪乳般的茶，呀！太快活了！東坡先生忘了所有煩惱，海闊天高。這老饕就是集美食而養成的啊。

類似的大餐，還有另一張食單：

爛蒸同州羊羔，灌以杏酪香梗，荐以蒸子鵝，吳興庖人斫松江鱠；既飽，以廬山玉簾泉，烹曾坑鬥品茶。少焉，解衣仰臥，使人誦東坡先生赤壁前後賦，亦足以一笑也。

這張食單還精挑了食品的產地，吃陝西同州的蒸羊羔，澆上杏仁和香粳（原文中寫「梗」，可能是錯字）熬的酪漿。幼嫩鵝肉。刀工一流的吳興廚師切的松江鱠魚。吃飽了，用廬山玉簾泉水，煮福建建安曾坑的茶。休息一會兒，解開衣襟躺著，讓人吟誦前後〈赤壁賦〉，一樂也！

色．香．味——東坡創立中國菜評分標準

東坡不但讓「老饕」美化了貪吃，**還提出我們至今仍奉守的料理品評原則：色、香、味俱全。**

薯和芋是海南島人的主食，東坡說他「日啖薯芋」。小兒子蘇過很像父親，也愛自創美食，他用山芋拌和米煮粥，東坡取名叫「玉糝羹」，作詩極其誇張地讚賞一番，詩的題目很長，講的就是玉糝羹的由來：〈過子忽出新意以山芋作玉糝羹色香味皆奇絕天上

酥陀則不可知人間決無此味也〉。

香似龍涎仍釅白，味如牛乳更全清。莫將北海金齏膾，輕比東坡玉糝羹。

每天吃膩了的芋頭，稍做變化，成了又香又白的玉糝羹，比魚肉還好滋味哩。

看到這裡，你可能已經注意到東坡愛吃羊肉。宋代的高級肉品正是羊肉，南宋陸游記載東坡文章流行的程度，說：「蘇文熟，吃羊肉；蘇文生，吃菜羹。」就是學好東坡文，羊肉天天燉。

行動的老饕東坡走到哪裡，吃到哪裡。他的詩文是最好的行銷渠道，為中華料理添加一道道美食。比如近年大陸興起的羊蠍子——啃羊脊骨，東坡在給弟弟子由的信裡就介紹過他發明的吃法。他說惠州市場每天供應一頭羊，他買便宜的羊脊骨，先煮熟了，漉去水分，浸漬在酒裡，然後灑少許鹽烘烤，挑出骨間肉吃，味道堪比螃蟹的螯。幾天吃一次，大補元氣！唯一顧慮的，是和狗搶啃骨頭，讓狗兒生氣哩！

★思考練習

你或者你家有沒有發明什麼創意美食？試著像東坡一樣寫食譜，以及飲食的故事。

沐浴安眠

東南亞華人把「洗澡」叫做「沖涼」，浴室就是「沖涼房」。我在新加坡的居家買的是中古屋，把廚房和衛浴設備全部打掉重新設計，地板防水，另鋪瓷磚，我要加進浴缸。

「妳用不著浴缸。」裝修師傅說。

我堅持，即使每天平均氣溫攝氏二十四到三十二度，我覺得泡澡還是放鬆身心的享受。

我和裝修師傅去選購浴缸，種類很少，樣式也陳舊。「新加坡人不需要浴缸。」他說。我確定，我就是要，管你說什麼浪費空間。

然後，果真，我泡澡的次數愈來愈少。我也入境隨俗，「沖涼」罷了！

古人沒有天天沖涼，所謂「三日一沐，五日一浴」，「沐」是洗頭髮；「浴」是洗身體。洗臉和洗手腳比較簡單，可以天天洗。官員放假叫「休沐」，好好洗一洗，休息休息，很貼切呢。

洗浴，也是療癒

東坡是行動老饕，走到哪裡，吃到哪裡。他也是隨遇而安的生活家，走到哪裡，玩到哪裡，順便全身上下痛快洗乾淨。不像邋裡邋遢的王安石，有名的不愛洗澡、不愛換衣服，甚至還長虱子。

宋代的服務業很發達，民間經營公共澡堂和寺院、道觀提供了沐浴的空間和消費。你看東坡在江蘇盱眙被搓背搓得哈氣流汗，〈如夢令〉：

水垢何曾相受，細看兩俱無有。寄語揩背人，盡日勞君揮肘。輕手，輕手，居士本來無垢。

自淨方能淨彼，我自汗流呀氣。寄語澡浴人，且共肉身遊戲。但洗，但洗，俯為人間一切。

東坡拜託這位賣力的搓背人手勁輕一些——我身上的汙垢沒那麼厚呀！這闋詞既寫實，又能引申向政治、哲學的層次。那些看不慣東坡，想要對他「大肅清」的人，自己難道是一塵不染的嗎？我們都活在混世人間，蓬頭垢面，需要象徵不變真如的水，洗除煩惱，還原潔淨身心。

我在《陪你去看蘇東坡》裡，談了宋代僧人如何沐浴的細節，東坡的〈安國寺浴〉詩，是他經歷政治波濤之後，在黃州的潛靜水療。他舒舒服服洗完熱水澡，披衣閒坐，讓頭髮自然風乾。**「忘淨穢」**，**「洗榮辱」**，**怡然自得**。

東坡還喜歡泡溫泉，和表兄程之才達成和解以後，他們一同去惠州白水山湯泉，東坡寫詩贈表兄，表達了與世無爭，如在桃花源境界的暢快：

> 永辭角上兩蠻觸，一洗胸中九雲夢。浮來山高回望失，武陵路絕無人送。……解衣浴此無垢人，身輕可試雲間鳳。

當時有個叫蒲宗孟的人，處事果敢，行政能力很強，他有點像前面提過的宋祁，當了官，有錢就任性。他每天家裡要宰十頭羊，十隻豬（有多少家眷啊？）晚上家裡點三百枝蠟燭（有多怕黑啊？）有人勸他節省一點，他生氣說道：「你是要我坐在暗室裡面挨餓嗎？」

蒲宗孟最豪華的陣容是在日常清潔。《宋史》記載：「有小洗面、大洗面、小濯足、大濯足、小大澡浴之別。每用婢子數人，一浴至湯五斛。」這排場，大概皇帝也差不多。蒲宗孟寫信給東坡，吹牛說自己「晚年學道有所得」，東坡用《道德經》的話委婉回應他，勸他「一曰慈，二曰儉」。蒲宗孟如果真的學道有得，就明白東坡是拐個彎諷刺他：「老子說：『一曰慈，二曰儉，三曰不敢為天下先』，你做到了嗎？」

辦法總比問題多

寧可儉樸，樂在其中。東坡去臨安海會寺，登山讓人腿酸肚餓，到達目的地，吃飽飯，洗個澡，倒頭就睡，鼾聲大作，香甜無比：「杉槽漆斛江河傾，本來無垢洗更輕。倒床鼻息四鄰驚，紞如五鼓天未明。」

前面講過東坡常做夢，很少失眠，他還習慣睡午覺。〈南鄉子‧自述〉鉤畫了他愜意的理想生活：

涼簟碧紗廚。一枕清風晝睡餘。睡聽晚衙無一事，徐徐，讀盡床頭幾卷書。

搔首賦歸歟。自覺功名懶更疏。若問使君才與氣，何如，占得人間一味愚。

拂著清風，躺在涼席上睡午覺。晚上不用加班辦公，緩緩把床頭的書讀完。不計較富貴功名，就當個愚昧平庸的人，職責盡完，回歸田園。短短的小詞裡，用了兩個「睡」字，比起現代人說：「錢多事少離家近，睡覺睡到自然醒」，東坡更逍遙，上班時間還能大大方方睡午覺呢！

到了海南島，東坡沒有浴盆，洗熱水澡的小確幸也奢侈，東坡告訴弟弟，說他改為「乾浴」，就是擦澡。頭髮不能常洗，他就天天梳理。晚上睡前泡腳：「主人勸我洗足眠，倒床不必聞鐘鼓」，助眠的效果一樣好。他寫了〈謫居三適〉詩：旦起理髮、午窗坐睡、夜臥濯足。總之那句話：「辦法總比問題多」，不能如常的沐浴安眠，還是可以找到別的方案，**快樂是屬於懂得找快樂的人。**

吃得飽，睡得著，沒煩惱

談了東坡的老饕大餐，又說他樂於沐浴安眠，你猜，「吃」和「睡」，東坡偏愛哪一個？

《東坡志林》裡講了兩個窮酸讀書人的未來憧憬，甲說：「我為了考取功名，顧不上吃飯和睡覺，等我發達了，天天吃飽飯睡，睡醒了再吃！」乙說：「我和你不一樣，我要吃了又吃，哪裡有時間睡哩！」東坡說：「我來廬山，聽說有個馬道士很能睡，睡裡頗得妙道。但是啊，依我看來，還是不如吃飯有樂趣呀！」

★思考練習

「吃飯」、「睡覺」、「沐浴」，哪個對你最重要？為什麼？

養生靜和

東坡如果生在當代，他一定會常在網路社交媒體上發「長輩文」，分享健康常識和養生體驗、食療藥膳祕方的詩文及資訊。他的粉絲超級多，「病毒式」轉發傳播，於是前後有兩個頭號粉絲把他的貼文收集起來，編了兩部書。一部是南宋的《蘇沈良方》，內容是東坡和沈括記錄疾病醫療的藥方。另一部是明末清初的落榜秀才王如錫輯選的《東坡養生集》（初刻於一六三五年）。

《東坡養生集》——「長輩文大全」

《東坡養生集》裡也包括了部分《蘇沈良方》，我們就看《東坡養生集》吧。這部書共有十二卷，分別是：

第一卷〈飲食〉，食品和茶酒。如：〈薑粥〉、〈煮魚法〉、〈漱茶〉。

第二卷〈方藥〉，藥膳和配方。如：〈服胡麻賦並敘〉、〈石菖蒲贊並敘〉。

第三卷〈居止〉，日常生活起居。如：〈靜常齋記〉、〈喜雨亭記〉。

第四卷〈遊覽〉，遊觀見聞感懷。如：〈鳳翔八觀〉、〈後赤壁賦〉。

第五卷〈服御〉，文房四寶器具雜項。如：〈李庭珪墨〉、〈端硯〉。

第六卷〈翰墨〉，書畫題跋。如：〈寶繪堂記〉、〈傳神記〉。

第七卷〈達觀〉，人生感悟與價值觀。如：〈破琴詩并引〉、〈凌虛臺記〉。

第八卷〈妙理〉，論辨世事道理。如：〈赤壁賦〉、〈日喻〉。

第九卷〈調攝〉，調養修護身體。如：〈續養生論〉、〈養生訣〉。

第十卷〈利濟〉，關懷百姓民生。如：〈秧馬歌并引〉、〈聖散子後敘〉。

第十一卷〈述古〉，評述歷史人物。如：〈書淵明歸去來序〉、〈留侯論〉。

第十二卷〈志異〉，靈異神奇事件。如：〈子姑神記〉、〈天篆記〉。

你會不會覺得奇怪，這王如錫是不是摻水了？怎麼前後〈赤壁賦〉也算進「養生」？「養生」的意思，不就是照顧好身體健康、不生病、長壽命嗎？這十二卷裡，就第一、

二、九卷屬於「養生」嘛！

我乍讀《東坡養生集》也有類似的想法。明代民間編輯出版事業繁榮，變著花樣掛東坡的名字出書，什麼《東坡禪喜集》、《蘇長公合作》、《坡仙集》……反正用不著付版稅，《東坡養生集》很有賣點，換成今日，應該也會受讀者歡迎吧？

且慢，我這個「實事求是」的壞毛病又出來煞風景了。

東坡愛吃，吃成行動老饕，你認同吧？東坡能來事，過成生活美學家，你接受吧？這生活裡單單保健養生，東坡發表過不少意見，看標題就知道，有〈記三養〉、〈問養生〉、〈養生說〉、〈養生訣〉、〈續養生〉……林林總總，搞得我都弄不清哪篇是哪篇了。做為「養生文選」，當然沒問題。做為「養生指導」的範例，我們這本書《倍萬自愛：學著蘇東坡愛自己．享受快意人生》，真的要向東坡學他的養生方法嗎？

我猶疑的原因，是這麼多養生大道理和實踐清單的論述，並沒有讓東坡長壽，沒有。

養生不一定長壽，虧了嗎？

程民生教授從宋人文集採樣了一千四百六十六個例子，統計得出宋人平均壽命是五十六．七〇歲。學者吳志浩加上為士人寫的墓誌銘資料，採樣一千七百六十五個例子，計算的結果，宋代讀書人的平均壽命是六十一．六八歲。東坡呢？活了六十五歲（精確地說，兩萬三千六百多日，六十四．六五……歲），雖然比同時代普通人長壽，但和同樣是讀書人，可能一點兒也不講究養生，不坐禪、不煉丹、不導引、不調息、不食補……木木然任憑生老病死的讀書人比起來，只多活了不到四年！（你會不會和我一樣感到失望？）

折騰了好大功夫，只多活了不到四年，這，「東坡養生」能「見證」什麼功效？（所以，值得宣揚嗎？）

你也可以轉個方向想，幸虧東坡重視養生，不然，可能連當時人的平均歲數都活不到？

一來二去，我回到王如錫編選《東坡養生集》的初衷，看看他到底能怎樣說服讀者，相信這十二卷的內容都算是「養生」？

王如錫在書的自序裡，反覆陳說這本書是「從東坡性情而為言者也」。什麼是「東坡性情」？我想，就是他認為的，東坡「翛然自得，超然境遇之中，飄然埃壒之愛外者，乃能歷生死患難而不驚，雜諧謔嬉遊而不亂」，能夠「窮通得喪，妍媸纖巨，寔而一之」。**摒棄單一片面的價值觀，無論順利還是逆境，都能安然處之。**

養生的目的，不是只求強身健體；不是為了飛黃騰達，而是愛惜有限的人生，從身、心、靈各方面，活出生命的意義。吃什麼、玩什麼、關心什麼、思考什麼……這些，全部都基於做為一個完整的人的本質，需要培育和養護。

不增不減靜安和

一般我們想到的養生，是從兩個方向進行，一是「增」——做什麼；一是「減」——不做什麼。我們在〈靈肉慾求〉那篇，談到東坡借用枚乘〈七發〉作〈書四戒〉，「戒」就是「減」。東坡〈記三養〉說：

> 東坡居士自今日以往，不過一爵一肉。有尊客，盛饌則三之，可損不可增。有召我者，預以此先之，主人不從而過是者，乃止。一曰安分以養福，

二曰寬胃以養氣，三曰省費以養財。

一餐飯的分量限於一杯酒和一碗肉，請尊貴的客人吃飯，最多三倍分量，可以減少，不能增加。主人請我吃飯，也遵守這樣的約定。既有規律，對腸胃好，並且省錢。養福、養氣、養財，叫做「三養」。

東坡吃生薑、蜂蜜、杞菊、枸杞、薏苡、茯苓、胡麻等等，釀製藥酒，比如桂酒、天門冬酒，飯後用茶水漱口，這些都能增益養生。

還有一種「不增不減」的養生觀念，便是「靜」：「靜故了群動，空故納萬境」。他向吳子野請教養生之道，得知「安」與「和」的真諦——「安則物之感我者輕，和則我之應物者順。外輕內順，而生理備矣」。內外兼修，對外不受物之干擾；對內順應物之變化，於是能夠「靜」。積極一點，調息靜坐。或者「漠然而自定」，達到「無古無今，無生無死，無終無始，無後無先，無我無人，無能無否，無離無著，無證無修」。（這境界，是悟道成仙了吧？）

眾聲喧譁的當代世界，人們很容易被激揚過動，如果我看到東坡發的「長輩文」，會靜靜地按讚，然後，該吃吃、該喝喝、該睡睡。

★思考練習

你喜歡轉發社群媒體上流傳的養生保健資訊嗎？你會按照資訊指示的方法做嗎？

月夜閒遊

你有沒有注意到，一些東坡膾炙人口的名篇，很多是寫月圓前後的景象和心情？比如〈蝶戀花．燈火錢塘三五夜〉寫的是上元（元宵）節；〈水調歌頭．明月幾時有〉、〈西江月．世事一場大夢〉寫的是中秋節。你可能會想，「每逢佳節倍思親」，看天上一輪明月，念遠方不能團聚的親友，詩人之常情嘛。

可是，那些名篇除了描寫景象和心情，很多還是東坡的夜遊記錄，東坡喜歡遊山玩水，晚上也沒虛度呢！

你看〈石鐘山記〉，東坡和長子蘇邁晚上坐船考察「石鐘」名稱的由來。光神宗元豐五年（一〇八二年），他就寫過三次夜遊黃州赤壁的經歷：七月的（前）〈赤壁賦〉、十月的〈後赤壁賦〉、十二月的〈李委吹笛并引〉。十月就已經「霜露既降，木葉盡脫」了，十二月大寒冬，還要拉著朋友去夜遊喝酒慶生，東坡是有多愛夜遊啊！

「晝短苦夜長，何不秉燭遊」，夜晚的嬉遊別有情致。

李白從空間和時間雙向維度，讓「秉燭夜遊」充滿意趣，〈春夜宴諸從弟桃花園序〉說：

> 夫天地者，萬物之逆旅也；光陰者，百代之過客也。而浮生若夢，為歡幾何？古人秉燭夜游，良有以也。

閒者便是主人

東坡呢？他讓月光照亮前路，享受的是悠閒。李白說：「清風明月不用一錢買。」東坡的〈赤壁賦〉講得更徹底：「惟江上之清風，與山間之明月，耳得之而為聲，目遇之而成色，取之無禁，用之不竭，是造物者之無盡藏也。」大自然免費讓我們取用，「取用」的想法，是大自然為豐富的資源，我們利用資源成就自己。

東坡更進一步的想法，說：「江山風月，本無常主，閒者便是主人。」我們不只是取用大自然的客體，而是統御江山風月的主人。要做統御江山風月的主人的最要緊條件，是「閒（閑）」，閒著沒正事幹，任意逍遙徜徉。

東坡把「閒」當成一種樂活心態，例如〈南歌子〉：

日出西山雨，無晴又有晴。亂山深處過清明。不見彩繩花板、細腰輕。
盡日行桑野，無人與目成。且將新句琢瓊英。我是世間閑客、此閑行。

〈行香子〉：

清夜無塵，月色如銀，酒斟時須滿十分。浮名浮利，虛苦勞神。嘆隙中駒，石中火，夢中身。
雖抱文章，開口誰親。且陶陶樂盡天真。幾時歸去，作個閑人。對一張琴，一壺酒，一溪雲。

「我是世間閑客、此閑行」典出於杜牧詩「景物登臨閑始見，願爲閑客此閑行」。「一張琴，一壺酒，一溪雲」讓人聯想歐陽脩自號「六一居士」的「藏書一萬卷，集錄三代以來金石遺文一千卷，有琴一張，有棋一局，而常置酒一壺。」加上自己一老翁，合稱「六一」。

不可否認的過去，自我的真實存在

說得輕鬆，假如深究背景，就曉得東坡的閒情逸致有時候其實是悶得慌，被卸除職務之後的無所事事，且看〈記承天夜游〉：

> 元豐六年十月十二日夜，解衣欲睡，月色入戶，欣然起行。念無與為樂者，遂至承天寺，尋張懷民。懷民亦未寢，相與步于中庭。庭下如積水空明，水中藻荇交橫，蓋竹柏影也。何夜無月？何處無竹柏？但少閑人如吾兩人者耳。

東坡謫居黃州，多次拉著朋友去赤壁。他雖然平時睡眠情況還好，才農曆十二日，月色就惹得他不安於室。一時興起，這個時候，有誰可以陪我同樂呢？東坡到承天寺找張懷民，果然，懷民還沒睡。兩人就在中庭散步。月光如水，那交錯搖曳的水藻，原來是竹子和柏樹的影子啊。這樣的景色到處都有，難得的是，這是屬於我們兩個閒人的月夜。

你覺不覺得，這是東坡發的廢文？

兩個被貶謫的人惺惺相惜，一起度過一個再普通不過的夜晚，東坡偏偏要煞有介事地記錄明明白白的年月日，讓彼時彼刻銘鑄了特殊的意義。這兩個閒人在政治前途上做不了主，卻成了江山風月的主人。

人生的總總被動被迫被指使，難道不能剪掉傀儡的線，演出自己主導的戲？關鍵在有一雙洞察的眼睛，看得見表象底層得以翻轉的契機和邏輯。

王家衛電影裡的人物看似迷離空洞，有時認真起來，會令我「毛骨悚然」，因為那遊戲太吸引我投入，比如《重慶森林》裡，吃五月一日到期鳳梨罐頭的金城武。還有《阿飛正傳》，張國榮和張曼玉的一分鐘朋友。

張國榮要張曼玉看著他的手錶一分鐘，然後說：

一九六〇年四月十六日下午三時之前的一分鐘，你和我在一起，因為你，我會記得那一分鐘。從現在開始，我們就是一分鐘的朋友，這是事實，你不容否認的，因為已經過去了。

東坡的月夜閒遊廢文，一樣的，不可否認的過去，自我的真實存在。

年年上元夜，明月清風

再看哲宗元符二年（一〇九九年）的元宵節，東坡怎麼度過的：

己卯上元，予在儋耳，有老書生數人來過，曰：「良月嘉夜，先生能一出乎？」予欣然從之。步城西，入僧舍年年上元夜，步城西，入僧舍，歷小巷，民夷雜揉，屠沽紛然，歸舍已三鼓矣。舍中掩關熟睡，已再鼾矣。放杖而笑，孰為得失？過問先生何笑，蓋自笑也。然亦笑韓退之釣魚無得，更欲遠去，不知走海者未必得大魚也。

這次不是東坡找人夜遊，而是海南儋州的老書生邀東坡一起過節。他們往城的西邊走，進出寺院，穿過小巷，來到漢人和黎族百姓賣酒和肉的市集，回到住處，已經是晚上十一點到凌晨一點。開門的動靜，讓蘇過醒來，見是父親回來，再睡去。東坡放下手杖，笑了。

蘇過問父親：「怎麼啦！」

東坡說：「沒事，你睡吧。」

這是東坡度過的第六十三個上元日。那之前，他的上元日是怎麼度過的呢？

在杭州：明月如霜，照見人如畫。

在密州：擊鼓吹簫，卻入農桑社。

在皇宮：侍臣鵠立通明殿，一朵紅雲捧玉皇。

在定州：牙旗穿夜市，鐵馬響春冰。

在惠州：散策桄榔林，林疏月鬅鬙。（péng séng，ㄆㄥˊ ㄙㄥ，參差散亂的樣子）

今晚的夜遊聊備一格，若有所失。談不上落寞，也不算喜悅。東坡想起韓愈的詩〈贈侯喜〉：「君欲釣魚須遠去，大魚豈肯居沮洳。」韓愈和侯喜在河邊釣魚，等了好久，只釣到一條小魚。韓愈說：「要出海才釣得到大魚，大魚不會待在這種低濕的小地方。」

東坡想，我已經來到大海盡頭，魚在哪裡？

有沒有魚，重要嗎？什麼又是「非如此不可」的重要事？

可笑。這世間，這想不透的我。

★思考練習

有沒有令你難忘的夜遊體驗？夜遊和白天遊覽有什麼不同的感受？

樂活自我之有此衣說

一．「養生」不只是「養身」，還包括精神和心靈。

二．原諒曾經背叛你的人，才能和自己和解。

三．悠閒一點，放過自己吧。急功近利，躁取貿動，結果只有繼續當外物的奴隸。

後記

學蘇東坡有什麼用？

寫作這本《倍萬自愛：學著蘇東坡愛自己．享受快意人生》的日子，正值新冠病毒疫情嚴峻，新加坡政府宣布全國實施「熔斷」（circuit breaker）政策的時期（二〇二〇年四月七日到六月一日）。島國包括公民、外來工作及求學的人口總共約五百六十萬，確診的病例就有三萬九千多（至六月十一日。七月十二日超過四萬五千病例），激增的人數令人惶恐。雖然不能用粗略的數學概算法來平均統計病患和人口數，況且痊癒出院的比例也不小，我每天打開新聞媒體，看到日日三五百新增病例的數字，仍然深深憂慮。

病毒離我那麼近，離我住處八百公尺的一家商場，連續兩三天出現病例，並且病患出入的超市、美食街、商店，都是我過去每星期至少光顧一次的地方。熔斷政策是個委婉的修辭說法，來自金融的概念，目的在停止損失。官方翻譯成「斷路器」，指「家中電力系統出問題時，斷路器就會跳閘，切斷所有電源。」——這不就是保險絲的意思嗎？

總之，不說封城（lockdown），給予人強烈的鎖國印象，「軟封城」的規定中，人們還是可以出門購買日常食物，進行必須的活動，比如：就醫、郵寄、財務等等。這時，我注意到什麼是政府認為的「非必須」（non-essential），比如：冷飲、蛋糕、甜品、美容、美髮、中醫、服飾、書籍文具……這些，都不能開門營業。

於是，我收到了一張四月的耶誕卡。我避疾宅家，很少開門，接過一紙袋的食品，十分困惑。打開那張耶誕卡，才曉得是學生問候我疫情期間的起居，特地替我網購了咖啡和手工餅乾，請快遞送來。

「因為文具店沒開，家裡只有這張卡片……」學生寫道。

我正讀到東坡在海南島的心情：

> 吾始至南海，環視天水無際，悽然傷之，曰：「何時得出此島耶？」已而思之：天地在積水之中，九州在大瀛海中，中國在少海中，有生孰不在島者？

我從臺灣島移住星島，不能和學生面對面晤談，有如身陷孤島。然而地球百分之七十的面積是海洋，土地相連的各洲大陸也是一個個大島呀。我們本來就生存在各自的島嶼，做身心的島主，有了網路為交通工具，互相關心聯繫。比起古人，我們便利極了。

我把從東坡學來的「轉念」解決了當下的鬱悶，寫成我在新加坡《聯合早報》的專欄文章，希望能和讀者分享如何舒解緊繃煩躁的情緒。

每遇到一些難受的問題，我就會打開東坡的詩文，設想如果東坡生在今世，他會怎麼想？怎麼做？或是從他的生命歷程裡，尋求可能相應的部分，這是我二〇一一年發生因處理系務而被毀謗開始，逐漸形成的習慣。

本來，有人的地方就難免有是非，辦公室政治也沒什麼大不了，我身在異國為「臺勞」，哪能不低頭？我做為系務的經手人，發現行政人員的疏失，提醒修正，很單純的流程，卻被當成把柄，被當時的兩個香港人：張姓系主任和王姓前院長——後來當「太上皇」的訪問學者抓成把柄，發電郵給全系職工，對我惡言批評。

我本想息事寧人，道歉了事，沒想到卻被要求「鄭重認錯」，寫「悔過書」，否則讓我有「黑紀錄」。我忍無可忍，終於尋求法律保護。

我才發現，臺灣人（可能受日語影響）的口頭習慣——「不好意思」，被視為是「認錯」。我說了「不好意思發生這種事情……」，就是表示造成錯誤的責任在我。但是對方覺得還不夠鄭重，說我在敷衍，隨後全面散發更激烈的指責電郵。

律師告訴我，一旦打算提告，會是很長而且可能很不愉快的過程，當然，費用代價也不小。

按照大學規定，我必須一級級上告，從系（Division）、兩級學院（School, College），到大學（University）。除非到教務長（provost）的判決我覺得不公平，才能向校外法庭提起訴訟。這段期間，律師一直是我的顧問，每一環節，步步為營。

有周邊的人勸我：準備打包回臺灣吧！妳鬥不過他們，他們有權有勢有後臺靠山，何必呢？

還有人冷眼旁觀，說風涼話：「被罵兩句有什麼關係？唾面自乾。這樣小題大作？」一位同事說要安慰我，約了在校園食堂共餐。我們坐在食堂外的大樹下，樹葉的影子照著她的臉一陣黑一陣亮。她轉頭環顧四周，說：「現在沒人敢陪妳吃飯了吧？」

我讀東坡烏臺詩案的歷史和詩文，我學到：你要活得比你的敵人還要健康，還要長壽，還要自得其樂！我天天游泳，在水中流淚，起身後擦乾頭臉，給自己一個微笑。

由衷感謝我的三位新加坡籍同事，始終支持我，協助我，陪伴我度過煎熬的十一個月。每一次「會談」，都面對內心的撕裂和自我的崩塌——為什麼針對我？或許，他們說得對，我就是個「欺上瞞下」的人？

我終於切身體會，什麼是對受害者的二度三度四度傷害……。

東坡受難時，營救的人不少；周圍也有人掉頭離去。東坡出獄後，為了不給人添麻煩，寧可少和友人來往。到了海南島，聯繫更為不易，他貫徹自己說的「古之立大事者，不惟有超世之才，亦必有堅忍不拔之志」。存活生還，靠的是堅強勇敢的意志力！

你問我，學蘇東坡有什麼用？

我仰賴東坡的文字構築了心靈的堡壘，讓我和他一樣，在（辦公室）政治迫害下存活生還。

兩位被告沒有依大學裁決向我道歉，我依律師指導，請示教務長，準備向校外提告，他們才草草寫信收回之前對我的謗言。我承擔了所有律師費。筋疲力盡。

如果當年真正上法庭，我手中掌握的材料，會掀出比我個人名譽受損更巨大的內幕和醜聞。

我選擇沉默。

我是來教書的。二〇〇七年，那數十雙捨不得我回臺灣的淚眼，希望我留下來看著他們畢業的青春臉龐，我沒有辜負他們，以及一屆一屆的畢業生。

我難道想讓社會大眾看「好戲」？

二〇二〇年五月，臺灣中學語文教科書是否收錄東坡〈記承天夜游〉一文，或是用當代作家的白話文取代，引發議論。幾位記者詢問我的看法，我在我的Facebook一併回覆。我寫道：

我知道這是基於教育部課綱，個別出版社的編輯選擇，我的態度是：尊重課綱和編輯，各校自行選購，也自行斟酌。畢竟我不是第一線的中學國文教師，很多實際的操作執行非我所知，以下我說的，只是個人看法，聊供談助。

一、課綱裡的文言文、白話文比例。

新文化運動都已經超過一百年了，白話文為什麼還沒有百分百占領我們的寫作空間？《紅樓夢》是白話文還是文言文？請想一想：

1文言、白話、口語的界定和變化

2書面語和口頭語的差別和混用

二、課本沒有蘇東坡會渴死你的靈魂嗎？

1先問什麼是你的靈魂？靈魂對你重要嗎？你有沒有靈魂？靈魂是迷信嗎？

2什麼可以滋潤你？

3「王者榮耀」為什麼沒有蘇東坡？法國人選的世界十二位「千年英雄」為什麼有蘇東坡？

三、如果課本有蘇東坡會怎樣？

1東亞漢字文化圈的共同文化典範，你的知識沒有缺憾。

2漢語裡面兩百多個成語是蘇東坡的成就，學一個是一個。

3你不是要「（新）南向」嗎？九百多年前人家蘇東坡就懂得「在地南

向」——吃檳榔，戴椰子冠，行銷荔枝、燒酒蠔、羊蠍子……（後來東坡肉傳到日本和琉球）。

四、怎樣讀出〈記承天夜游〉的當代意義／趣味？

1療癒：被貶謫的落魄人，被月亮曬得失眠。

2打卡@tag：元豐六年十月十二日。承天寺。張懷民

3小確幸：什麼是好友？陪你哭陪你笑陪你睡不著覺，陪你做傻事。還要PO文說：嘿嘿！大家看，我們很樂很閒很有聊～

我的貼文被多次轉發，也興起討論「學蘇東坡有什麼用」的話題。那些認為學蘇東坡，乃至學文言文、學古典都沒有用的人，或許有他們在人生低谷裡可以呼喊求助的別的名字和力量。或許，他們從來沒遇過難關。又或許，他們不曉得自己錯失了什麼……。

這些，說到底，就是這本書《倍萬自愛：學著蘇東坡愛自己．享受快意人生》的初

心。認識自我，成為自己喜歡的自己，我學習的對象是蘇東坡，和大家分享和見證。

倍萬自愛。

愛自萬倍。

深深祝福所有的讀者朋友們！

——衣若芬書於新加坡

二〇二〇年六月十一日

最後只有你自己

那個被她捏得扭曲變形的飲料紙盒，淺黃色的汁液從吸管口頂端汩汩流下，浸濕了右手。我掏出面紙，她用左手接過了，夾在掌心。繼續扳著講桌邊緣的左手，支撐她身體重心，彷彿雙腳懸空。

額頭冒出汗珠，面色發青，身體開始顫抖，兩手分別捏擠得更緊，仍止不住抖動。

「要不要坐一下？」我說。自己先坐回學生的座位，把作業和背包放在隔壁的椅子上。

教室裡只有我們倆。我雙手交握，放在座位延伸上來的桌面。剛剛站了兩個小時講課，我伸展了雙腿，感覺小腿肌肉拉直的痠痛。

屈——伸——屈——伸。我運動著膝蓋。

她走過來，飲料盒放椅桌，肩上的書包順勢滑到椅面。抵著書包坐，她仍在發抖著。

「妳身體不舒服嗎？」我問。

她垂面搖頭，長頭髮半掩臉龐。

「老師妳有時間嗎？我可以跟妳說一下話嗎？」在嘈雜魚貫步出教室的學生群裡，她傾身朝正在收拾資料的我說。我「嗯」了一聲，看了她一眼，是白板螢幕燈光的陰影嗎？她的眼神和表情，暗沉如深井。

那句話之後，她就一直一語不發。

我移動身軀，正面向著她，問：「還好嗎？」

她點點頭。稍稍抬起上半身。那張面紙還握在左拳，右手的果汁差不多被冷氣吹乾了。我沒有看手錶，也沒注意過了多久。保持正面向著她的姿勢，垂視自己交握的雙手。

「老師妳有時間嗎？」她說時看了我一眼，又低下頭。

「有啊！」我說。

她的身體停止了顫抖。突然說：「對不起！」

「沒事啊！沒有對不起什麼嘛！」我稍微牽動了嘴角。

家庭、成長、學業、交友、打工、寵物……好多好多的煩惱，好多好多的焦慮和厭棄。我聽著，聽著。

「我願意聽妳說，」我看著她，她也看著我，臉色逐漸恢復。「可是，我不是心理和精神科方面的專家，學校有專人能夠幫助妳的，妳知道嗎？」

幸好，她已經和學校的諮商老師接觸過。我建議她再去預約見面。

「活著很沒意思！」她拿面紙擦手，怎麼用力都擦不掉，面紙破了，沾黏在指間。

我順著她的話點了點頭：「真想活得有意思啊！」交握的手指下方掌心相擊，發出輕微扣響。

「怎麼樣才能活得有意思？」她問。

我停住相擊的雙掌，兩手平鋪桌面，說：「也許，一輩子也不知道。大部分的人，都是過著有時候有意思、有時候沒意思的生活。有的事情，當時覺得沒意思；後來想想有意思，會變的。」

她似乎想到了什麼，附和道：「會哦。會變的。」接著說：「我以前很討厭、很怕狗，我妹帶了狗回來要養，我和我媽都罵她，叫她把狗扔出去，她就把狗養在她房間。後來，那隻狗住在廚房旁邊的陽臺了——我和我媽都和牠玩！」可惜狗狗上禮拜被車撞死了……。

「狗狗陪伴你們，你們想到牠，生氣的事也變得可愛吧？」

她用手背拭去眼角的淚水，說：「是呵。」

「給狗狗機會變可愛，給自己機會變成自己喜歡的樣子，需要時間。」我繼續說：「妳記得我說過的嗎？大家以為蘇東坡天生樂觀幽默，我說沒有經過大腦的樂觀只是痴傻，是的，傻人也有傻福，蘇東坡連傻福也沒有。他在烏臺詩案過了十二年以後，回憶自己被押送到京城的途中經過長江，企圖投水自盡。被關到大牢裡面，想要絕食求死。如果那時他結束了他以為沒意思的人生，現在誰還會要背大江東去？東坡肉大概也吃不到咯！」

她笑了，說：「可是老師說東坡沒吃過東坡肉。」

「對哦。果然有認真聽哪！」我說：「你笑，世界跟著你笑；你哭，不一定只有你一個人哭。要哭要笑，最後只有你自己決定。」

我想起有本書的封面是五個emoji（繪文字），畫了笑臉、有錢臉、疲倦臉、痛苦臉和骷髏頭，象徵矽谷工作者的一生。人生如果就這樣刻板地過，很淒慘，只是當老闆的「打工仔」。能不能翻轉這種困境，最後也只有靠自己，還沒想清楚書名《*Live Work Work Work Die: A Journey into the Savage Heart of Silicon Valley*》，作者是Corey Pein，她拿起書包，說：「離下課還有一點時間，我要去聽課了！」

我轉頭回望這個可以容納三百人的階梯教室，一個小時之前，這裡有一百多張青春的容顏，層層如花草，盛放在山坡。多年以前，那其中的一朵，從自家樓臺墜落，我為她寫了一首詩〈落花〉：

只是　太累了吧
來不及綻放盛開
花兒　墜落了

北地暴雪嚴冬
南國春水溶溶
看見了什麼？

在妳的高度

比風還輕
稀微的耳語
說大霧未散
迷津難渡
妳預支了未來
三千里一念
萬劫不歸還

只是　只是
這樣麼？

活著，就是必須解決一個接著一個的問題，有的問題我們能夠判斷和選擇；有的身不由己。怎樣才能過著自己說了算的人生？

我裸露的手臂豎起了寒毛。空無他人的教室，冷氣像是直吹著我。那個被凍醒的臺北冬夜，我虛弱地從浴室前的地毯坐起，屈膝環抱雙腿，把頭埋進膝頭——我昏迷了多久？我好累，好累啊！渾身發抖，不知是因赤裸還是哭泣。

為了證明老師說「衣若芬不是寫小說的」，不辜負老人家極力推薦我進學術機關的良苦用心，我已經「從良」了啊！讀書、查資料、寫論文、拚研究計畫，不斷要提出證明——證明我是正確的、證明我的研究是必要的、證明我的成果是對國家社會有用的、證明，我值得活在這裡。

那時流行討論「主體性」，什麼是「主體」？什麼是「主體性」？不斷要依賴各種證明來說服他人和自己的人生，有資格大談自主、自由、自立嗎？

我戴起粉紅色的眼鏡，說看見這個「有色」的世界一片「Kawaii」。把頭髮燙捲染成亞麻色，被笑是被雷電擊中，像個動漫女娃，我心想：「你們不讓我去學校兼課，我不是老師，天天窩在研究室。把我在報上寫文章、當書評委員都說在不務正業，我這樣破壞了你們的形象嗎？」反正，我沒有洋博士學位，連我家人都被同事輕視，誰在乎我的外表和內心？

「衣若芬不是寫小說的。」好吧！我在同一年獲得兩個臺灣青年學者最高的榮譽獎

——我不是寫小說的，我寫的是色情，文字A片，不配叫小說。

身體幾乎要凍僵了，我扶著浴室的門框緩緩站起，稀微的天光從客廳的窗外灑入。

我知道總有一天我會離開。離開這個工作單位，或是離開人世，不曉得哪一個先。

打開電暖爐，我吹乾頭髮，隨便從書架抽一本《蘇軾文集》。〈杭州召還乞郡狀〉，東坡說到他烏臺詩案被捕，「過揚子江，便欲自投江中，而吏卒監守不果。到獄，即欲不食求死。」他沒死成，是吏卒嚴控，也牽掛著弟弟和妻兒。他後來被貶謫海南島，年老困頓，那麼容易死的環境，反而求生意志堅強，我覺得他不是怕死，是不屈服於惡劣卑鄙，除了自己，誰能主宰你的人生？

為自己而活，愛自己，不需要理由證明，痛或喜，最後只有你自己。

——衣若芬書於新加坡

二〇二〇年十一月十七日

一語入魂

一本小書寫三篇後記，會不會太多餘？

當你翻到這一頁，你知道，還有更多的後記等著你自己去記。

蘇東坡的人生，衣若芬的人生，更多幅射的，是你的人生。

二〇二〇年春夏，還在半封城狀態中的新加坡，我連續七十七天，真的是足不出戶，除了拿取網購的食材，我連家門都沒有打開。真真是「閉門造書」，完成了這本書。

半年之後，國境仍未全開，我繼續靠著書寫，排遣「有鄉歸不得」的鬱悶。十月應邀給美國索思摩大學（Swarthmore College）講了一堂東坡詞，網路授課，效果絲毫不減，熱烈討論延長了四十分鐘。一位心理系教授後來發電郵給我，表達她的激賞，她的先生任職於音樂系，對我播放的東坡詞吟唱十分驚豔，東坡的魅力超越漢語，橫跨太平洋。

我回信時，引用東坡詞裡柔奴的話：「此心安處是吾鄉」（Wherever my heart is at peace,

is my homeland.）

因為心有未安，本來不想寫東坡曾經也掙扎於生死，想投江和絕食的經歷，被臺灣連續幾個大學生輕生事件激起，還是寫出第二篇後記〈最後只有你自己〉，談了學生渴望被了解和接納的心情。我也才意識到，第一篇後記〈學蘇東坡有什麼用〉裡，我被辦公室政治迫害的其中一個「禍根」，正是我的詩〈落花〉中的墜樓。那時的系主任空降來不到兩星期，學生就發生了不幸，無論原因是什麼，我認為慰問家屬和安撫其他同學的情緒是第一要務。

結果，這位主管只要行政人員打電話給我，要我擬弔唁花圈的文字，此外，什麼事也沒發生似的。

學期結束前的系務會議，我終於忍不住問：「這件事主任有沒有寫信給全系同學？」

沒有。

個別老師在課堂上主動表達了對同學的關心。我說：「其他沒有聽到老師關心的同學，情緒受到影響的話，怎麼辦？」

他說：「大學有心理輔導的專門部門，學生應該自己去找。」

我肯定自己露出了鄙夷的眼神。

「讀聖賢書，所學何事？」我想到章惇，東坡說他連自己的性命都不顧，哪會管他人性命？不在乎屬下死活的主管，還想他怎麼對付你？

還是會有人愛你的。如果沒有人愛你，你就是那唯一的真愛源泉。

一語入魂，倍萬自愛。

——衣若芬書於新加坡

二〇二〇年十一月二十一日

附錄——

蘇東坡生平大事年表

年分	年齡	事蹟
北宋仁宗景祐三年（丙子）農曆十二月十九日 一〇三七年一月八日	一	蘇軾字子瞻，一字和仲，又字子平。 祖父蘇序，祖母史氏。 父親蘇洵，字明允。母親程氏，大理寺丞程文應之女。 乳母任採蓮。
寶元二年（己卯） 一〇三九年	三	二月，弟蘇轍生。轍字子由，一字同叔，又稱卯君，小字九三郎。
慶曆二年（壬午） 一〇四二年	六	開始讀書。知歐陽脩、梅堯臣文名。
慶曆三年（癸未） 一〇四三年	七	入天慶觀北極院從道士張易簡讀小學。得知石介〈慶曆聖德詩〉。

年代	歲	事蹟
慶曆五年〔乙酉〕一〇四五年	九	父親蘇洵宦遊四方，母程夫人親自授書，讀《漢書・范滂傳》。
慶曆六年〔丙戌〕一〇四六年	十	在紗縠行南軒讀書。
慶曆七年〔丁亥〕一〇四七年	十一	一、五月十一日，祖父蘇序卒。 二、蘇軾於紗縠行隙地中得異石。
至和元年〔甲午〕一〇五四年	十八	與青神縣鄉貢進士王方之女王弗結婚。王弗時年十六歲。
至和二年〔乙未〕一〇五五年	十九	蘇轍十七歲，與史氏結婚。史氏時年十五歲。

嘉祐元年（丙申） 一〇五六年	二十	一、三月，蘇洵帶領蘇軾、蘇轍赴京師應試。 二、父子三人行至河南，馬死於二陵，騎驢至澠池，停歇於奉閑僧舍。 三、五月抵京師，館於興國寺浴院。 四、七月三日，於開封景德寺發解試。袁轂第一，蘇軾第二，子由亦中舉。
嘉祐二年（丁酉） 一〇五七年	二十一	一、正月六日，參加開封省試。〈刑賞忠厚之至論〉被歐陽脩誤認為曾鞏之作，列為第二名。省試結果：省元李寔。蘇軾、蘇轍合格。 二、三月五日—七日，仁宗親試崇政殿。狀元章衡。蘇軾初列丙科第五甲，後升為乙科第四甲，賜進士出身。 三、四月八日，母親程夫人病故，年四十八。蘇洵父子回蜀奔喪。
嘉祐三年（戊戌） 一〇五八年	二十二	在家丁憂。
嘉祐四年（己亥） 一〇五九年	二十三	丁憂期滿。十月還朝。蘇氏父子三人經嘉州走水路，出三峽。 妻王弗隨行，長子蘇邁出生。

嘉祐五年（庚子）一〇六〇年	二十四	二月十五日，蘇氏父子抵達京師。朝廷授蘇軾河南福昌縣主簿，不赴。
嘉祐六年（辛丑）一〇六一年	二十五	一、八月十七日，蘇軾兄弟通過祕閣考試制科——賢良方正能直言極諫。 二、八月二十五日，仁宗親試崇政殿制科試。蘇軾三等，蘇轍四等。 三、蘇軾授大理評事，簽書鳳翔府節度判官。十一月赴鳳翔，子由送至鄭州。十二月十四日到任。
嘉祐七年（壬寅）一〇六二年	二十六	鳳翔府節度判官任上。
嘉祐八年（癸卯）一〇六三年	二十七	鳳翔府節度判官任上。
英宗治平元年（甲辰）一〇六四年	二十八	十二月十七日，罷鳳翔簽判。自鳳翔赴長安。

治平二年（乙巳）一〇六五年	二十九	一、正月還朝。判登聞鼓院，直史館。 二、五月二十八日，妻王弗病卒於京師，年二十七。
治平三年（丙午）一〇六六年	三十	一、在京師，直史館。 二、四月二十五日，父蘇洵病逝於京師，年五十八。
治平四年（丁未）一〇六七年	三十一	在家居喪。
神宗熙寧元年（戊申）一〇六八年	三十二	一、十月，續娶王弗堂妹、王介幼女王閏之為妻。王閏之時年二十一歲。 二、冬，與弟轍攜家赴汴京，途中在長安度歲。
熙寧二年（己酉）一〇六九年	三十三	二月還朝，在京任殿中丞直史館判官告院。反對王安石實行新法。

熙寧三年（庚戌）一〇七〇年	三十四	一、蘇軾在京，以直史館權開封府推官。 二、二子蘇迨生。
熙寧四年（辛亥）一〇七一年	三十五	一、蘇軾在京，權開封府推官。 二、上書神宗，論朝政得失，請求外任。 三、四月任命通判杭州。七月離京。十一月到杭州任。
熙寧五年（壬子）一〇七二年	三十六	一、任杭州通判。 二、歐陽脩病逝 三、三子蘇過生。
熙寧六年（癸丑）一〇七三年	三十七	任杭州通判。
熙寧七年（甲寅）一〇七四年	三十八	一、任杭州通判。 二、朝雲入蘇家。 三、罷杭州通判，以太常博士、直史館權知密州軍州事。十月離杭北上，十一月三日到密州任。

熙寧八年（乙卯） 一〇七五年	三十九	知密州。
熙寧九年（丙辰） 一〇七六年	四十	知密州。
熙寧十年（丁巳） 一〇七七年	四十一	一、知密州。 二、四月二十一日到徐州任。
元豐元年（戊午） 一〇七八年	四十二	知徐州。
元豐二年（己未） 一〇七九年	四十三	一、知徐州。 二、三月二十日，到湖州任上。 三、七月，被彈劾。八月十八日，蘇軾被押赴臺獄勘問，史稱「烏臺詩案」。 四、十二月二十九日，獲釋出獄，責授檢校水部員外郎黃州團練副使，本州安置，不得簽書公事。

元豐三年（庚申） 一〇八〇年	四十四	一、二月一日，到黃州貶所，寓居定惠院。 二、五月二十九日，遷居臨皋亭。
元豐四年（辛酉） 一〇八一年	四十五	二月，故人馬正卿哀蘇軾乏食，為請郡中故營地數十畝，使得躬耕其中，地在城中東坡。
元豐五年（壬戌） 一〇八二年	四十六	一、二月，於東坡築雪堂，自號東坡居士。 二、七月十六日，與道士楊世昌泛舟赤壁。 三、十月十五日，再與楊世昌、古耕道遊赤壁。 四、十二月十九日，東坡生日，與郭遘、古耕道置酒赤壁磯下，李委作新曲《鶴南飛》以賀。
元豐六年（癸亥） 一〇八三年	四十七	一、謫居黃州。 二、九月二十七日，朝雲生子蘇遯。
元豐七年（甲子） 一〇八四年	四十八	一、三月，蘇軾移汝州團練副使，本州安置，不得簽書公事。 二、四月，別黃州。 三、七月二十八日，幼子蘇遯夭折。

元豐八年（乙丑） 一〇八五年	四十九	一、三月，神宗駕崩，年三十八。 二、五月，司馬光荐舉蘇軾，誥命復朝奉郎起知登州。 三、十月十五日，到登州。 四、十月二十日，接誥命，以禮部郎中召回京。 五、十二月到京。遷起居舍人。
哲宗元祐元年（丙寅） 一〇八六年	五十	在京師任中書舍人、翰林學士。
元祐二年（丁卯） 一〇八七年	五十一	在京師任翰林學士兼侍讀。
元祐三年（戊辰） 一〇八八年	五十二	在京師任翰林學士、知制誥兼侍讀。
元祐四年（己巳） 一〇八九年	五十三	一、在京任翰林學士、知制誥兼侍讀。連續上章乞求外任。 二、三月，以龍圖閣學士充浙西路兵馬鈐轄知杭州軍州事。 三、七月三日，到杭州。

元祐五年（庚午）一〇九〇年	五十四	知杭州。疏浚西湖，築堤，杭人名之蘇公堤。
元祐六年（辛未）一〇九一年	五十五	一、正月，任命蘇軾為吏部尚書，二月改命為翰林學士承旨。 二、五月二十六日，抵達京師。遂即又被任命為翰林學士承旨兼侍讀。 三、八月，詔以龍圖閣學士知潁州。 四、八月二十二日，到潁州。
元祐七年（壬申）一〇九二年	五十六	一、正月，知潁州。 二、二月，罷知潁州，以龍圖閣直學士充淮南東路兵馬鈐轄知揚州軍州事。 三、三月十六日，到揚州。 四、八月，以兵部尚書兼差充南郊鹵簿使召回。 五、十一月，為鹵簿使導駕景靈宮，遷端明殿學士兼翰林、侍讀學士，守禮部尚書。
元祐八年（癸酉）一〇九三年	五十七	一、八月一日，繼室王閏之卒於京師，年四十六。 二、九月，蘇軾以端明殿學士兼翰林侍讀學士、禮部尚書出知定州。 三、十月，至定州。

紹聖元年（甲戌） 一〇九四年	五十八	一、六月，責授建昌軍司馬，惠州安置，不得簽書公事。 二、蘇軾令次子蘇迨攜家眷從長子邁一家同居宜興。與少子蘇過，侍妾朝雲赴惠州。 三、九月，度大庾嶺（梅嶺）。十月二日，抵惠州。
紹聖元年（乙亥） 一〇九五年	五十九	謫居惠州。
紹聖三年（丙子） 一〇九六年	六十	一、謫居惠州。 二、七月五日，朝雲病逝，年三十四。
紹聖四年（子丑） 一〇九七年	六十一	一、謫居惠州。 二、被貶，責授瓊州別駕，移送昌化軍安置。 三、五月抵梧州。十一日與子由相遇於藤州，相處一月，同行至雷州，六月十一日相別渡海。 四、七月二日到儋州。
元符元年（戊寅） 一〇九八年	六十二	謫居儋州。

元符二年（己卯）一〇九九年	六十三	謫居儋州。
元符三年（庚辰）一一〇〇年	六十四	一、遇赦，六月離儋州。 二、奉敕復朝奉郎提舉成都府玉局觀，在外州軍任便居住。
徽宗建中靖國元年（辛巳）一一〇一年	六十五	一、正月，度梅嶺。停留虔州四十日，之後繼續北上。 二、六月抵常州，寓於孫氏館，上表請致仕。 三、七月二十八日，蘇軾病逝於常州。
崇寧元年（壬午）一一〇二年		閏六月二十日，蘇軾與王閏之合葬於汝州郟城縣釣臺鄉上瑞里嵩陽峨眉山。

衣若芬生平與寫作大事記

＊本列表關於「尋東坡」之紀錄，皆以●標注。

一九六四 出生於臺大醫院。由叔公衣欽堯先生命名。父親衣方卿先生為山東即墨人，母親林素貞女士為臺灣彰化人。

一九七〇 進入惠林幼稚園就讀，首次接觸與家庭中全然不同的餐前祈禱儀式。並由於老師們的詢問，才曉得自己有一個比較罕見的姓氏和「小說中人物」一般的名字。

一九七一 進入私立大華小學就讀。

一九七二 小學二年級，散文〈雨〉被翁慧玲老師挑選至校刊發表，領平生第一筆稿費新臺幣十五元。

一九七三—一九七五 陸續在校刊及《國語日報》發表文章，並自編自畫童話故事於圖畫紙上，訂成一本本的「故事書」。

一九七六 暑假，在彰化外婆家，閒來無事，寫一隻鄉下公雞進城探險的童話小說於桌上型日曆的背面，是為初次嘗試寫小說。

一九七七 進入金華女中就讀，開始投稿給《北市青年》。並在課堂偷寫新詩和「連載小說」給好同學私下傳閱，計完成《嗚咽的風》、《煙雨點點愁》、《殘網》等數本。

一九八〇 考上中山女中，繼續在《北市青年》發表文章。

一九八一 擔任校刊《中山女青年》編輯。參加中山女中管樂隊。小說〈異端〉獲中山女中文藝獎第二名。

一九八二 擔任畢業生聯合會主席。主編畢業生紀念冊。

一九八三 考上臺灣大學中文系。創辦班刊《風簷》。

一九八四 擔任校刊《臺大青年》副總編輯。作品〈華西街之夜〉獲臺大中文系新詩創作獎。年初寒假參加救國團「編輯研習營」，學習報紙雜誌編輯和採訪寫作。暑假擔任救國團「復興文藝營」輔導員。

一九八五 獲選為臺灣大學中文系系學會會長。主編中文系系刊《新潮》。寒假及暑假擔任救國團「編輯研習營」和「復興文藝營」輔導員。

一九八六 課餘在藝術圖書公司從事編輯工作，編有黃君璧、胡克敏、林順雄等多位畫家之畫集。編譯《看畫學畫》、《文房之美》、《梵谷》等書。

一九八七 大學畢業，考上臺灣大學中文研究所碩士班。

一九八八 臺灣報禁解除，受邀擔任《中央日報》「長河版」創版主編。後因以課業為重而辭去工作。課餘擔任漢聲廣播電臺「文藝之旅」節目撰稿，以及鉅棚傳播公司編劇，嘗試不同的寫作形式。編撰《梵谷》（藝術圖書公司出版）。（此書後再版，改名《梵谷噢！梵谷》，與何恭上先生共同獲得一九九八年行政院新聞局優良圖書推薦獎。）

一九八九 以〈鄭板橋題畫文學初探〉獲臺大中文研究所學術論文比賽特優獎。出版第一本小說集《踏花歸去》（臺北林白出版社），曾永義教授作序。

一九九〇 ◎碩士班畢業，碩士論文為《鄭板橋題畫文學研究》，蒙曾永義教授指導。考上臺灣大學中文研究所博士班。

●八月，初次出國。從臺北飛香港，轉搭乘火車抵達廣州。遊歷廣州、上海、南京、蘇州、杭州、北京等地。於杭州西湖車上瞥見蘇東坡紀念館，因颱風未能參觀，心生願訪東坡行跡之念。

◎九月，開始在臺灣大學、淡江大學擔任兼課講師（至一九九五年六月博士班畢業）。

一九九一 出版微型小說《衣若芬極短篇》（臺北爾雅出版社），瘂弦先生為作序文：〈尋找新的地平線——從衣若芬的創作試談「極短篇」發展局限的突破〉。

一九九三 編撰出版《觀人——面具底下的祕密》（臺北人合物力出版社）

一九九五 六月，博士班畢業，博士論文為《蘇軾題畫文學研究》，蒙曾永義教授及石守謙教授指導。八月，受聘為輔仁大學中文系副教授。出版散文集《青春祭》（臺北九歌出版社）。

一九九六 八月，辭去輔仁大學教職，轉任職中央研究院中國文哲研究所。

一九九七 ●九月十六日，初次在國際學術會議發表論文，地點即東坡故里四川眉山三蘇祠。會議期間參拜三蘇墳。

會議結束後，遊歷東坡母親及夫人故里四川青神、樂山、重慶、航行三峽至湖北武漢。此行即一〇五九年蘇洵與蘇軾、蘇轍第二次離鄉赴京師水路線。

一九九八 ●於山東諸城，參加「中國第十屆蘇軾學術研討會」。諸城即東坡一〇七四—一〇七七年治理的密州。

一九九九 受邀擔任《中國時報》「開卷」版書評委員。出版《蘇軾題畫文學研究》（臺北文津出版社）。

二〇〇〇 與劉苑如博士共同主編《世變與創化：漢唐、唐宋轉換期之文藝現象》（中央研究院中國文哲研究所出版）。

二〇〇一 ◎三月，與曾棗莊教授等合著出版《蘇軾研究史》（南京江蘇教育出版社）（後榮獲二〇〇三年四川省政府優良學術著作獎）。四月，任東京大學訪問學者。六月，出版《赤壁漫游與西園雅集—蘇軾研究論集》（北京線裝書局）。

●八月，再訪東坡故里四川眉山。

二〇〇二 ◎八月起，任韓國成均館大學東亞學術院客座教授。於中文系講授宋代文學研究課程、臺灣文學與電影。

●十二月，再訪杭州。

二〇〇三 任韓國成均館大學東亞學術院客座教授，至七月結束。於中文系講授中國現代文學、臺灣文學與電影。

二〇〇四 同年獲得兩項極高學術研究榮譽：行政院國科會吳大猷先生紀念獎、中央研究院年輕學者研究著作獎。十月，任日本京都大學訪問學者。任臺北教育大學臺灣文學研究所兼任副教授。出版學術論文集《觀看・敘述・審美——唐宋題畫文學論集》（中央研究院中國文哲研究所出版）（此書於二〇〇五年再版。二〇一四年三版）。（入選「了解宋代文化必讀的300本書」）。

二〇〇六 七月，受邀任教於新加坡南洋理工大學中文系。

二〇〇七 ◎一月起受邀於新加坡《聯合早報》寫作專欄。五月十日，第一場在新加坡的公開演講，於亞洲文明博物館：「麗人行——走進中國女性美的時空」。

●十二月，至廣東惠州。

二〇〇八 七月，辭去中央研究院工作。任教於新加坡南洋理工大學中文系。

二〇〇九 ●四月十八日，於日本大阪市立美術館庫房初次接近東坡《李白仙詩卷》，觸動心弦，為日後寫作《書藝東坡》種下因緣。

●十月，三訪四川眉山。二遊樂山。

◎出版學術論文集《三絕之美鄭板橋》（臺北花木蘭出版社）。

二〇一〇 ●六月，受邀任南京大學特邀訪問學者。期間訪江蘇常州東坡終焉之地。十月，至湖北黃岡，乃東坡因烏臺詩案被貶之黃州。遊赤壁，尋「定惠院」、「東坡」等地位置。

◎十一—十二月，受邀任日本國立奈良女子大學特邀訪問學者。

●十二月，訪海南儋州，為東坡被貶所至最南端。

二〇一一 ●九月，至河南開封，即北宋京師。

◎出版學術論文集《遊目騁懷：文學與美術的互文與再生》（臺北里仁書局）。（入選南京大學「世界文學與圖像名著精義十種」）。

二〇一二 九月，受邀任北京大學特邀訪問學者。出版學術論文集《藝林探微：繪畫．古物．文學》（上海華東師範大學出版社）。出版散文集電子書《紅豆書簡》、《春衫舊香》（香港夢想書城）。出版散文集電子書《南國藝語》、《東坡先生，生日快樂》、《月光秋千》、《背對彩虹》、《飄洋過海賣掉你》、《大人我要結婚》（臺北群傳媒）。

二〇一三 ●九月，至江西贛州（虔州），登梅嶺，走東坡被貶嶺南及北返所經之古道。

◎出版學術論文集《雲影天光：瀟湘山水之畫意與詩情》（臺北里仁書局）。

二〇一四 ◎七月一日，開始擔任新加坡南洋理工大學中文系主任。

◎七月十九—二〇日，主辦「學與思：國際漢學研討會」，於會中提出「文圖學（Text and Image Studies）」

概念。出版散文集《Emily的抽屜》（南京大學出版社）。出版散文集《感觀東亞》（臺北二魚文化，榮獲二〇一五年國立臺灣文學館文學好書推廣專案）。

二〇一五

◎八月十一—十二日，主辦「中國古代女性與創意」國際學術研討會（美國史丹福大學合辦）。

●九月，三訪杭州。

◎十二月十六日，和臺灣大學合辦「多元觀照下的21世紀人文學研究」國際學術研討會。

◎十二月十九日，第一場以「文圖學」為題目的公開講座，於馬來亞大學，主講「文圖學研究的方法與示例」，上午談概念與方法，下午談研究個案。主編出版學人訪談錄《學術金針度與人》（新加坡八方文化創作室）。出版散文集《北緯一度新加坡》（臺北爾雅出版社）。

二〇一六

◎一月二十八日，和韓國高麗大學合辦「2016年新加坡——韓國青年學者華文文化國際學術論壇」。

◎六月三十日，卸任新加坡南洋理工大學中文系主任職務。擔任系主任期間，規畫中文系十周年慶展覽、為十年慶晚會籌款、選定中文系系歌《細水長流》、拍攝中文系微電影《舉手》、主辦四場國際學術會議及數十場講座等等。帶領學生兩度赴大陸文化考察、兩度赴韓國參加國際學術會議、陪同在臺灣進修七個星期等等活動。出版論文集《南洋風華：藝文・廣告・跨界新加坡》（新加坡八方文化創作室，新加坡國家藝術理事會出版獎助，榮獲《聯合早報》二〇一六年好書選）。策畫及主編出版《臺灣文學花園》，為新加坡958城市頻道文學朗讀節目讀本。

二〇一七

◎二月二十四、二十七、二十八日，應邀於香港城市大學中國文化中心主講三場文圖學。

●七月，訪江蘇鎮江、徐州。

●九月，訪河北定州，為東坡足跡所至最北端。

●十一月，四訪四川眉山，二遊青神。

◎十二月十五日，主辦「文圖學・文化交流：臺灣與東亞的多元對話」國際學術論壇。十二月十八日，新加坡政府核准成立民間社團「文圖學會（Text and Image Studies Society）」，為學會創始人兼榮譽主席，會長莫忠明。和崔峰博士合編出版會議論文集《素音傳音——韓素音百年誕辰紀念文集》（新加坡八方文化創作室）。

二〇一八

◎一月二十六日，文圖學會第一場活動——「觀畫夜遊」，導覽新加坡國家美術館。四月至七月，應邀於美國史丹福大學（Stanford University）與艾朗諾（Ronald Egan）教授合作講授文圖學（Text and Image Studies）課程。八月，受邀任韓國首爾大學特約訪問學者（Seoul National University Inviting & Utilizing Prestigious Foreign Scholar program）。

●九月，五訪四川眉山。

二〇一九

◎三月，文圖學會第一場海外活動，導覽臺灣臺北故宮博物院和嘉義故宮南院。五月四日，五四運動百年，在新加坡城市書房談「五四百年之新加坡So What?」。五月二十一—二十四日，應邀於中國人民大學學術前沿講座講述五場文圖學。

●六月，受邀任武漢大學特邀訪問學者。期間再訪湖北黃岡（黃州）。九月，特地飛往吉林長春，於吉林省博物院親覽東坡《洞庭春色賦》、《中山松醪賦》合卷，為存世東坡書蹟最北收藏處。

◎出版學術論文集《書藝東坡》（上海古籍出版社）（豆瓣評分八·八。第十五期「解放書單」推薦。「百道好書」二〇一九年三月榜藝術類第二名。二〇一九年美術史十大好書之一。中央美術學院推薦二〇二〇年寒假閱讀八大好書之一）。主編出版學術會議論文集《東張西望：文圖學與亞洲視界》（新加坡八方文化創作室）。

二〇二〇

◎四月，出版《陪你去看蘇東坡》（繁體字版：臺北有鹿文化）。博客來年度華文創作暢銷書第十一名。榮膺《聯合早報》二〇二〇年好書選。

◎六月，開設Podcast節目《有此衣說》。製作YouTube影片。

◎七月，建置個人專屬網站（lofen.net）。

◎十一月，出版《雲影天光：瀟湘山水之畫意與詩情》簡體新修訂版（北京大學出版社）。

◎十二月，出版《春光秋波：看見文圖學》（南京大學出版社）。

二〇二一 ◎出版《倍萬自愛：學著蘇東坡愛自己·享受快意人生》（繁體字版：臺北有鹿文化）。

倍萬自愛：

學著蘇東坡愛自己・享受快意人生

作者　衣若芬
圖片提供　衣若芬
圖表資料來源　衣若芬

封面題字　許悔之
封面設計　陳采瑩
內頁設計　吳佳璘
責任編輯　魏于婷

董事長　林明燕
副董事長　林良珀
藝術總監　黃寶萍
執行顧問　謝恩仁

社長　許悔之
總編輯　林煜幃
主編　施彥如
美術編輯　吳佳璘
企劃編輯　魏于婷
行政助理　陳芃妤

策略顧問　黃惠美・郭旭原・郭思敏・郭孟君
顧問　施昇輝・林子敬・謝恩仁・林志隆
法律顧問　國際通商法律事務所／邵瓊慧律師

出版　有鹿文化事業有限公司
地址　台北市大安區信義路三段106號10樓之4
電話　02-2700-8388
傳真　02-2700-8178
網址　www.uniqueroute.com
電子信箱　service@uniqueroute.com

製版印刷　鴻霖印刷傳媒股份有限公司

總經銷　紅螞蟻圖書有限公司
地址　台北市內湖區舊宗路二段121巷19號
電話　02-2795-3656
傳真　02-2795-4100
網址　www.e-redant.com

ISBN：978-986-06075-1-2
初版一刷：2021年4月

定價：360元

國家圖書館出版品預行編目(CIP)資料

倍萬自愛：學著蘇東坡愛自己，享受快意人生

衣若芬 文字——初版．—— 臺北市：有鹿文化，2021.04

面；公分．—（看世界的方法；190）

ISBN：978-986-06075-1-2（平裝）

863.55 110001081